MESTRE DOS BATUQUES

JOSÉ EDUARDO
AGUALUSA

MESTRE DOS BATUQUES

(ROMANCE)

TUSQUETS
EDITORES

Copyright © José Eduardo Agualusa, 2024
Publicado em acordo com Agência Literária Mertin, Nicole Witt – Literarische Agentur Mertin Inh. Nicole Witt e.K. Frankfurt am Main, Alemanha.
Copyright da capa original © Quetzal Editores, 2024
Copyright © Editora Planeta do Brasil, 2024
Todos os direitos reservados.
Título original: *Mestre dos Batuques*

Preparação: Mateus Duque Erthal
Revisão: Marina Castro e Carmen T. S. Costa
Projeto gráfico: Jussara Fino
Diagramação: Márcia Matos
Capa da edição Tusquets: adaptada do projeto gráfico original de Compañía
Ilustração e design da capa original: Rui Rodrigues

Dados Internacionais de Catalogação na Publicação (CIP)
Angélica Ilacqua CRB-8/7057

Agualusa, José Eduardo
  Mestre dos Batuques / José Eduardo Agualusa. - São Paulo: Planeta do Brasil, 2024.
  224 p.

ISBN 978-85-422-2881-6

1. Ficção angolana I. Título

24-4243   CDD A869.3

Índice para catálogo sistemático:
1. Ficção angolana

Ao escolher este livro, você está apoiando o manejo responsável das florestas do mundo

2024
Todos os direitos desta edição reservados à
EDITORA PLANETA DO BRASIL LTDA.
Rua Bela Cintra, 986 – 4º andar
Consolação – 01415-002 – São Paulo-SP
www.planetadelivros.com.br
faleconosco@editoraplaneta.com.br

Se você aproximar suas mãos a um alto-falante enquanto nele toca um baixo bem pesado, vai sentir algo. Isso é frequência. E é, de fato, uma manifestação física da frequência, uma energia saindo de lá, que você não vê, mas sente nas suas mãos. As frequências vindas das culturas haitianas de vodu lidam com padrões rítmicos específicos, cânticos específicos, então já existe uma espécie de "pré-codificação". (...) O som se manifesta na realidade física. O som que estou criando aqui é também o que você está sentindo. (...) Quando você entra em uma igreja ou em um templo, a frequência ainda está lá, há uma reminiscência dela, no espaço, e ela permanece ali. Não dá para se livrar disso, não de verdade. É algo que se torna parte do tecido daquele espaço.

Val Jeanty, compositora e DJ haitiana, no filme *United States of Hoodoo*, de Oliver Hardt

Sumário

9   PRIMEIRO CAPÍTULO
61   SEGUNDO CAPÍTULO
107   TERCEIRO CAPÍTULO
155   QUARTO CAPÍTULO
199   QUINTO CAPÍTULO

PRIMEIRO CAPÍTULO

PRIMEIRO CAPÍTULO

1

Primeiro viram a andua, estendida, como um erro magnífico, na lama vermelha. As penas, muito verdes, reluziam no silêncio úmido daquela manhã de janeiro de 1902. Um dos soldados, Nande, um cuanhama alto, sólido como um imbondeiro, ajoelhou-se junto à ave:

— Não tem ferida nenhuma, meu alferes...

Luís Gomes Mambo juntou-se ao soldado, curioso:

— Então morreu de doença?!...

O jovem sacudiu os ombros, num espanto mudo. Alguns metros adiante encontraram mais aves mortas. Logo depois, uma pequena gazela. A montanha Halavala despontava acima do nevoeiro, como uma ilha flutuante, quando, numa curva do caminho, avistaram um acampamento militar. Era, tinha de ser, o pelotão do sargento Pedro Amado. O alferes Luís Mambo recebera instruções para se reunir ao sargento, ali mesmo, a uns dez quilômetros da mítica montanha. Marchariam depois, todos juntos, os madeirenses e os bôeres de Pedro Amado, e os landins, cuamatos, cuanhamas e damaras do cabindense Luís Mambo, até as terras de um comerciante português, Silvestre Souto da Mata, por alcunha O Pasmado, cujas lojas haviam sido atacadas e pilhadas por guerreiros de Mutu-ya-Kevela, o rei do Bailundo.

Luís Mambo endireitou-se. Era um pouco mais baixo que Nande, e quase da mesma idade, mas andava sempre tão aprumado que parecia mais alto, e sempre tão ensimesmado que todos o julgavam muito mais velho. O alferes intuiu a tragédia antes mesmo de avistar os primeiros corpos:

— O silêncio mexeu-me com os nervos — explicou, três meses mais tarde, ao tenente Jan Pinto. — Não se escutava o zumbido de um inseto, o piar de um pássaro. Era de manhã muito cedo, e o ar estava frio e pesado, como num óbito. Gosto de acordar de madrugada, no Planalto, e de entrar no mato para ouvir os pássaros. Parece que o universo está a nascer, diante de nós. O senhor sabe a que me refiro... Naquela manhã senti o contrário...

Encontraram vinte e cinco cadáveres. A maioria não apresentava nenhum corte de lâmina, buraco de bala, hematomas ou contusões. Alguns soldados estavam deitados em posição fetal, com os olhos abertos e o rosto congelado numa expressão de infinita tristeza. Um deles cavara um buraco e enterrara a cabeça. Quatro haviam disparado contra o coração. Dois tinham cortado os pulsos. O sargento Pedro Amado prendera a espingarda entre duas pedras, e depois deixara-se cair sobre o gume afiado da baioneta.

Incapaz de compreender o que sucedera, Luís Gomes Mambo foi de corpo em corpo, tentando controlar a ansiedade e o terror, e forçando-se a estudá-los.

Quem iria acreditar naquilo?

Lembrou-se então de fotografar os cadáveres. Dirigiu-se ao carro bóer, puxado por três juntas de bois, e do interior da sua maleta de campanha retirou a máquina fotográfica, uma Pocket Kodak, que ganhara, dois anos antes, em Luanda, na sequência de uma estranha aposta com um viajante inglês. A câmara, quadrada, forrada a couro vermelho, era de manejo muito fácil: "Um autêntico revólver fotográfico!" — definira o inglês, e tinha razão. Luís Mambo fez uma dúzia de disparos, diante dos olhares atônitos dos seus soldados, e depois voltou a guardá-la.

2

O tenente Jan Pinto examinou as fotografias, uma a uma, atravessado por uma poderosa torrente de emoções: medo, angústia, uma imensa curiosidade. Finalmente, com os dedos trêmulos, devolveu os cartões ao general João Crisóstomo, Ministro da Guerra, o qual os guardou num largo envelope, que escondeu na gaveta da sua secretária, enquanto cravava no jovem uns olhos ferozes e trocistas:

— Assustei-o, tenente?...

O jovem tenente endireitou-se:

— Nunca tinha visto nada assim, excelência. Quem fez essas fotografias?

— Nunca tinha visto um morto?!

Jan Pinto corou. Na tarde anterior, um ajudante de campo do Ministro da Guerra interrompera a sua aula de esgrima para lhe entregar uma breve mensagem — "Venha amanhã de manhã ao meu gabinete". Assinava a mensagem — um simples papel dobrado em quatro, sem lacre nem timbre — o general João Crisóstomo, Ministro da Guerra. O jovem mal dormira, nervoso, incapaz de compreender o interesse do ministro por alguém como ele. Não, nunca encarara um morto. Também nunca participara em nenhuma ação militar.

— Diga-me lá o que vê nestas fotografias. — A voz do Ministro da Guerra mudara para um tom um pouco mais ameno. Os olhos, de um azul metálico, já não fixavam o tenente com troça, mas com aguda curiosidade. — O que mais o impressiona?

— A expressão no rosto dos mortos — murmurou Jan Pinto. — Aquela horrível tristeza...

O general João Crisóstomo levantou-se:

— Sabe o que eu vejo? Vejo vinte e cinco soldados brancos, todos mortos... Mortos de forma inexplicável. A maioria não tinha nenhum ferimento no corpo...

— Nenhum ferimento?!

— Não faz sentido, bem sei, mas é como lhe estou a dizer. Nenhum ferimento! E acreditamos que os outros, os que apresentavam ferimentos, se suicidaram.

(*Naquela época, em Angola, as tropas coloniais recorriam a companhias de soldados europeus, que incluíam não apenas portugueses, mas também bôeres. Havia depois as companhias de soldados negros, provenientes não só de diversas regiões de Angola, mas também de Moçambique e até da Guiné-Bissau. As companhias africanas foram fundamentais no combate a vários reinos locais. Em plena elaboração do chamado darwinismo social, é interessante notar que muitos intelectuais portugueses, ainda que imbuídos do espírito racista do seu tempo, reconheciam o valor dos soldados africanos. Leia-se o que escreveu Sebastião José Pereira, em* Quarenta e cinco dias em Angola — apontamentos de viagem, *publicado em 1862: "A superioridade do soldado preto sobre o branco torna-se bem notável todas as vezes que há qualquer marcha para o interior: os brancos são os primeiros que se cansam, os que mais sofrem com a falta de água, e quando chegam a algum ponto em que o mato os obriga a parar, são sempre os empacaceiros que passam para a frente a abrir-lhes caminho".*)

João Crisóstomo contornara a secretária e estava agora diante do jovem oficial. O rapaz também se levantara, confuso e atrapalhado, olhando nervosamente para a ponta dos sapatos. O general avaliou-o em silêncio, enquanto puxava e repuxava a comprida barbicha branca.

— Disseram-me que o tenente fala a língua dos bailundos...

— Sim, e também compreendo a língua de Luanda, o quimbundo...

— Muito bem, muito bem. Soube que estudou em Paris...

— Sim senhor, antropologia...

— Antropologia... Isso mesmo... Disseram-me que há alguns meses o tenente discursou na Sociedade de Geografia de Lisboa... Alguma coisa a ver com a filosofia dos negros, segundo compreendi...

— Sobre a história do Reino do Bailundo, sim, e o pensamento...

O general fez um gesto seco, enfadado, como se tentasse sacudir um mosquito alojado no espírito. O tenente compreendeu logo. O mosquito era uma ideia. A mesma que ele próprio se atrevera a defender na Sociedade de Geografia. O tenente Jan Pinto entendia que para melhor colonizar África, os portugueses deviam esforçar-se por compreender as línguas e costumes dos africanos. Outros ilustres colonialistas tinham defendido o mesmo antes dele. O jovem, contudo, ia muito além. Acreditava que o estudo da história dos povos indígenas, e do seu pensamento, poderia ajudar a humanidade inteira no seu caminho para o progresso e a civilização.

— A que história se refere vossa excelência? — atirou-lhe um respeitado historiador, com a voz tremendo de cólera e de desdém, mal o jovem concluiu o seu discurso. — A História de África começa com a chegada dos primeiros europeus. Os gentios de África, povos embrionários, embrutecidos pelo seu próprio modo de ser, nunca tiveram escrita, e, assim, não possuem nem pensamento, nem memória!

O Ministro da Guerra tossiu, trazendo o seu interlocutor de regresso ao presente.

— Vou enviá-lo a Angola numa missão sigilosa — disse, baixando a voz. — Embarcará no próximo navio para a sua terra... Porque Angola é a sua terra, não é assim? Embora, sinceramente, você pareça mais sueco ou holandês do que africano... Aguardando por si, em Luanda, estará o alferes de segunda linha Luís Gomes Mambo. Foi ele quem fez aquelas fotografias... Aliás, também quero informações detalhadas sobre essa figura, quero saber tudo, a começar pela raridade de um preto que se interessa pela arte da fotografia... O senhor e o alferes irão até o Bailundo apurar o que se passou... Aquele não foi o primeiro incidente...

Jan Pinto sentiu uma tontura:

— Houve outras mortes?

— Sim, e isso não se pode saber. O nosso domínio em África assenta inteiramente num logro ingénuo. Os africanos acreditam que somos fortes, que somos poderosos, que somos invencíveis.

— E não somos?

O general João Crisóstomo sacudiu a cabeça, numa gargalhada triste. Encarou o tenente com um misto de ironia e de compadecimento:

— Não, meu bom rapaz. Somos um país tão minúsculo que mais parece um quintal do Reino de Espanha, e tão sem recursos quanto um cônego de aldeia. Um país habitado por campônios que não sabem ler nem escrever, e governado por uma gente fraca e imprestável, quase tão analfabeta quanto aquela a quem supostamente governa. Em resumo, uma choldra! Como escreveu um jornalista da nossa praça, isto nem é uma existência, é uma expiação.

O tenente Jan Pinto olhou para o Ministro da Guerra com uma tal perplexidade que este, uma vez mais, se compadeceu dele. Deu-lhe uma pancadinha no ombro, como se o rapaz fosse um companheiro de caserna. Aprumou-se. Engrossou a voz:

— Se os africanos descobrem que os nossos soldados estão a ser mortos de forma misteriosa, e sem sequer terem oferecido resistência... Mortos, sei lá eu, por algum veneno inventado pelos ingleses, ou pior, por algum encantamento, um feitiço indígena, Portugal perde todo o prestígio. E se perdermos o prestígio entre os africanos, estamos condenados. Em poucos dias veremos multiplicarem-se as insurreições, os ataques a comerciantes brancos e a postos militares. Sairemos de África escorraçados a pontapé, a pedrada e a paulada, com o rabo entre as pernas, para alegria dos malditos ingleses. A bem dizer, o destino do Império depende do senhor.

— O que devo fazer, meu general?

— Em primeiro lugar, irá recolher todas as informações disponíveis. Falará com os sobreviventes...

— Alguém sobreviveu?

— Sim, num ataque anterior. Um tenente sobreviveu. Está preso, isolado, na Fortaleza de São Miguel. Interrogue-o. Partirá depois, com o alferes Luís Gomes Mambo e mais dois ou três homens escolhidos por ele, numa expedição discreta, tão discreta quanto possível, para o Bailundo e Bié. Irão à civil. Você, com o pretexto de visitar o senhor seu pai, João Pinto, um homem valente, íntegro, um português à moda antiga. Use os seus conhecimentos da língua local, e do comportamento dos indígenas, para esclarecer todo este mistério. Quero respostas, antes que seja demasiado tarde.

3

No seu último dia em Lisboa, o tenente Jan Pinto foi comprar livros. Saiu da loja da Bertrand com uma coleção de contos de Machado de Assis, *Páginas Recolhidas*, e os romances *Deux Ans de Vacance*, de Júlio Verne, e *A Relíquia*, de Eça de Queirós. Sentou-se depois num café da moda, no Chiado, bebendo chá e folheando, distraído, o novo romance de Eça.

A ansiedade impedia-o de se concentrar. Pensava nas palavras do Ministro da Guerra, referindo-se ao seu pai: "um homem valente, íntegro, um português à moda antiga". João Pinto era corajoso, sem dúvida. Talvez fosse também um português à moda antiga, mesmo muito antiga, de um tempo em que os portugueses ainda eram todos visigodos, antes dos árabes terem trazido para a Península Ibérica a poesia, a matemática, o amor pela música, pelas artes e pelo vinho — enfim, um perfume de civilização. Íntegro é que não. João Pinto fora condenado a degredo perpétuo em Angola, acusado de comandar uma tropa de rufias, que se dedicavam a assaltar os viajantes ricos, ao crepúsculo, nas apertadas solidões de Trás-os-Montes. No Reino do Bailundo, onde mandara erguer uma casa de pau a pique, para lhe servir de loja, de armazém e de habitação, continuara a roubar, trocando missangas, sal, aguardente adulterada, panos ruins e péssima pólvora por bom marfim, cera, mel, borracha, goma copal e até pessoas.

(Foi o meu pai, Mateus Van-Dunem Pinto, filho de Lucrécia Van--Dunem e de Jan Pinto, engenheiro agrônomo, formado pelo Instituto

Superior de Agronomia, em Lisboa, quem me falou pela primeira vez na goma copal. Creio que nos nossos dias já ninguém sabe o que era a goma copal. Vale a pena, pois, citar um texto do Jornal de Ciências Matemáticas, Físicas e Naturais, *vol. 4, de 1873, no qual se esclarece, ou escurece, a misteriosa natureza e origem deste produto: "A goma copal, valioso objeto do comércio africano, tem sido na ciência objeto de dúvidas quanto à sua origem. De ser produto vegetal nenhuma podia existir, indicando-o sobejamente a sua natureza. Restava, porém, determinar que espécies vegetais a forneciam, e é o que as investigações até hoje não haviam determinado suficientemente. Ao Dr. Welwitsch, percorrendo extensas regiões das que abundam neste gênero de produtos, mal podia escapar a ocasião de estudar a questão, que ele tratou efetivamente, depois desse estudo, no volume XIX do* Journal of Botany. *Começou por traçar a distribuição geográfica da goma copal em Angola. Trata do modo como é colhida; descreve-lhe as variedades, branca, vermelha e amarela, por que aparece no comércio; diz-nos do desenvolvimento que este tem tomado e promete ter em relação a semelhante droga, cuja exportação chegou a ser de um milhão de quilos por ano; e por fim cuida de resolver a questão da origem deste produto. O exame de todos os fatos, aos quais se tem recorrido para achar essa origem nas espécies vegetais atualmente existentes, longe de conduzir a reconhecer semelhante procedência, o fez antes persuadir ser ela outra, o pertencer semelhante origem a época geológica anterior à atual, ter o produto natureza verdadeiramente fóssil. A goma copal será assim na África o que o âmbar amarelo é na Europa, opinião por certo a mais provável". Muitos anos após o falecimento do meu pai, descobri que a goma copal era conhecida pelas populações do interior de Angola como mococoto. Até hoje não sei de que se trata. Agrada-me partilhar esta ignorância com vocês, queridos leitores deste meu testemunho, romance familiar ou confissão, como preferirem.)*

Enfim, João Pinto prosperara. Multiplicara as lojas e enriquecera ainda mais. Já velho, durante uma jornada pela Humpata, conhecera uma moça bóer, loira, tímida e devota, e tão rústica quanto ele próprio, mas muito pobre, comprando-a aos pais por meia dúzia de libras esterlinas e um grosso fardo de fazendas. Infelizmente, a mulher morrera no parto, deixando-lhe nas mãos um bebê do sexo masculino, ao qual, a pedido da mãe, o velho dera o nome de Jan.

João Pinto já tinha sete filhos, de diversas mulheres da região, os quais empregou nas suas lojas. Jan teve um destino diferente. Quando completou doze anos o pai internou-o no Real Colégio Militar, em Lisboa, de onde transitou para a Escola do Exército, sempre com excelente aproveitamento.

Durante todos esses anos, Jan foi recebendo uma generosa mesada do velho. Nunca lhe faltou nada. Os filhos dos burgueses queriam ser seus amigos. Os filhos da aristocracia decadente troçavam dele. Todos o invejavam, não só por o saberem rico, mas sobretudo porque o rapaz herdara da mãe a figura alta e harmoniosa, a tez clara e o cabelo muito louro, distinguindo-se dos colegas metropolitanos como uma girafa entre facocheros.

*

"Em 1875, nas vésperas de Santo Antônio, uma desilusão de incomparável amargura abalou o meu ser; por esse tempo minha tia, Dona Patrocínio das Neves, mandou-me do Campo de Santana, onde morávamos, em romagem a Jerusalém." Jan já lera a mesma frase cinco vezes, perdendo-se de todas em pensamentos vãos, quando viu entrar no café duas mulheres africanas: uma senhora já de certa idade, na companhia de uma moça esguia, vestindo uma saia dividida, como as que se usavam então para andar de bicicleta, e uma blusa azul, com uma gola alta, rendada, muito branca, que realçava o pescoço longo e fino. Na cabeça trazia um pequeno chapéu de plumas, em tons semelhantes ao da blusa. A mulher mais velha, trajando os panos característicos das bessanganas de Luanda, ajudou a mais nova a sentar-se, só depois ocupando a sua cadeira. Falavam em quimbundo entre si, numa voz baixa e mansa, alheias ao minúsculo escândalo que a sua presença levantara.

Jan sorriu, divertido. Falavam dele.

— Que homem bonito — dizia a bessangana. — Certamente não é português.

— Está a ler um livro em português. Um romance do meu escritor preferido, o Eça de Queirós. Português ou não, já gostei dele.

Jan chamou o empregado. Estendeu-lhe uma nota grande.

— É para pagar o meu chá e o daquelas senhoras. Fique com o troco — murmurou, enquanto o homem se desfazia num esplendoroso sorriso. Depois se levantou, e, ao passar diante da mesa onde as duas luandenses se haviam sentado, tirou o chapéu, curvando-se numa breve vênia, enquanto dizia num quimbundo quase perfeito:

— Uma boa tarde, minhas senhoras, aproveitem o belo verão de Lisboa.

Saiu para a rua, morto de riso.

4

Sentado numa cadeira de verga, com o romance de Eça de Queirós entre as mãos, Jan Pinto viu Portugal extinguir-se ao longe, engolido pelo mar. Estava sozinho no espaçoso convés. Sentia-se bem ali, protegido da ardência do sol por um toldo alto, verde limão, enquanto uma brisa leve, cheirando a maresia, lhe refrescava o rosto. Um marinheiro muito ruivo, de faces rubras, semeadas de sardas, trouxera-lhe um cálice de whisky, sem que ele houvesse pedido nada.

— Bem-vindo à Escócia! — dissera-lhe o marinheiro.

O Grantully Castle era efetivamente um vapor escocês, que partira de Glasgow, escalando em Lisboa, e deveria deter-se ainda em Freetown e Luanda, antes de aportar à Cidade do Cabo.

Cerrando os olhos, Jan Pinto voltou a ver o rosto tristíssimo do capitão Pedro Amado. Era como se ele e os seus companheiros tivessem encontrado Deus, e Deus estivesse morto. Não conseguia imaginar o que poderia ter provocado um tal desastre. O general João Crisóstomo sugerira que talvez os ingleses estivessem envolvidos nos terríveis incidentes. Mas como?

Despertou-o uma voz trocista:

— Estou curiosa para saber onde o cavalheiro aprendeu quimbundo...

Jan abriu os olhos e viu diante de si, segurando um delicadíssimo guarda-sol azul, que quase se confundia com o céu, a moça da tarde anterior. O rapaz pousou livro na pequena mesa, ao seu lado, erguendo-se, surpreso e corado.

— Desculpe, não imaginava encontrá-la aqui...

A jovem sorriu:

— Posso sentar-me?

Jan correu a buscar uma cadeira. Sentaram-se os dois.

— Estou zangada consigo — continuou a jovem. — O senhor troçou de nós. Envergonhou-nos. Isso não se faz...

— Lamento muito, não era minha intenção...

— Por outro lado, temos de lhe agradecer o lanche. Foi simpático da sua parte, senhor...

Jan sorriu, estendendo a mão:

— Tenente Jan Pinto, e a menina é...

— Chamo-me Lucrécia Van-Dunem... Jan não me parece um nome português...

— Não. A minha mãe era uma senhora bóer, da Humpata...

— Da Humpata?!

— Sim. Também eu sou angolense.

Conversaram até o sol desaparecer no horizonte. Jan ficou a saber que Lucrécia nascera em Luanda. O pai, comerciante, herdara de um tio, estabelecido no Rio de Janeiro, uma loja de tecidos. Lucrécia fora ao Brasil, representando o pai, que estava recuperando-se de um ferimento grave, com a incumbência de vender a loja. Concluído o negócio, viajara para Lisboa, onde permanecera duas semanas, sempre na companhia da sua velha ama, estando agora de regresso a casa. O tenente admirou-se. Nunca conhecera nenhuma mulher, que, tão jovem, se dispusesse a empreender longas viagens, sozinha, ou quase sozinha, muito menos para fazer negócios.

— Sou uma mulher moderna — atirou Lucrécia, com uma gargalhada radiosa, da qual, nos meses seguintes, Jan se iria recordar muitas vezes. — Posso fazer quase tudo o que um homem faz. E, regra geral, faço-o muito melhor.

Jan recitou-lhe de memória um artigo que lera dias antes: "A fina educação da mulher recatada, tímida e do lar, da mulher frágil, como a mais frágil flor; da mulher que fugia ao toque brutal da vida, é hoje desprezada como algo anacrônico e ridículo. Ao invés, a mulher moderna emergiu nos salões, nua (ou quase nua) e voluntariosa, como Afrodite emergindo da espuma do mar. A mulher moderna vive nas praças, julga saber tudo, debate sem vergonha as mais escabrosas questões, não parecendo ter qualquer vestígio de educação moral ou religiosa. Está ávida, unicamente, de luxo e de sensações. A mulher moderna é, pois, um ser vaidoso e fútil, presa fácil dos homens. O adultério tornou-se nas classes altas um costume, uma moda, o desporto predileto de todos os rapazes com pretensões à elegância".

Lucrécia riu-se. Não se reconhecia no cruel retrato, exceto por se achar capaz de discutir qualquer questão, incluindo as mais escabrosas, e por se sentir ávida de vida e de sensações.

— Além disso, acredite, não sou presa fácil.

Estavam assim, conversando placidamente, rindo, revelando segredos, recordando casos antigos, quando foram surpreendidos por Nga Xixiquinha, a velha ama de Lucrécia Van-Dunem.

— Eu a morrer de náuseas, na nossa cabine, e a menina aqui? — ralhou a velha senhora, ignorando Jan.

Lucrécia levantou-se:

— Desculpe, ama, esqueci-me das horas. Deixe-me apresentar-lhe o tenente Jan Pinto, nosso patrício...

Jan também se ergueu. Tirou o chapéu.

— Encantado, minha senhora.

Nga Xixiquinha olhou-o dos pés à cabeça, como se só então o visse pela primeira vez.

— Vossa senhoria é filho do senhor João Pinto?

— Sim — surpreendeu-se o tenente. — Conhece o meu pai?

— Conheci-o em Luanda, há muitos anos, quando ainda éramos jovens, eu e ele. Na altura, ele era pobre, muito pobre, mas estava decidido a enriquecer. Imagino que tenha enriquecido...

— Já não é pobre, não, minha senhora...

Os restantes dias a bordo decorreram de forma muito agradável. Jan ofereceu a Nga Xixiquinha umas pastilhas de hortelã, que lhe aliviaram as náuseas. O paquete, embora pequeno, estava equipado com cabines espaçosas e confortáveis. À popa, um pequeno salão, todo estufado a veludo verde, incluía uma breve biblioteca, com obras em inglês e em francês, além de diversos jogos de sociedade. Era ali que Lucrécia e Jan passavam a maior parte do tempo. Só na ultima noite o mar se encrespou um pouco, e um furioso aguaceiro tombou com estrondo sobre o tombadilho, assustando a velha ama. Depressa, porém, tudo serenou. Na madrugada seguinte, no ar lavado, contra um céu azulíssimo, viram desenhar-se, pouco a pouco, o sólido perfil do continente.

— Veja — apontou Lucrécia. — A fortaleza de São Miguel!

Era, com efeito, a fortaleza. Luanda foi-se formando devagar. Primeiro o casario da cidade alta, depois o porto, a alfândega, armazéns e casas comerciais. Na areia da praia, um homem magro dormitava, sentado numa enorme cadeira, quase um trono, cercado de molecas e criados. Uma mocinha erguia sobre ele, com zelo filial, uma larga sombrinha cor de laranja.

— É o senhor meu pai, Vicente Van-Dunem. E a menina da sombrinha é Irene, minha irmã — esclareceu Lucrécia, acenando com um lenço. O velho levantou-se a custo, amparado por um dos criados, e acenou de volta. — Quando o apresentar ao meu pai, ele irá fazer-lhe muitíssimas perguntas. Por favor, não se sinta obrigado a responder a nenhuma.

Aguardavam na praia para cima de uma centena de pessoas, entre familiares dos viajantes, carregadores e mirones. Contudo, o tenente não teve dificuldade em distinguir o alferes Luís Gomes Mambo, ainda que nunca o tivesse visto antes. Primeiro, por causa da postura. Mesmo vestido à civil, calças e casaco de linho branco, chapéu colonial à cabeça, tinha o aprumo de um militar de carreira. Além disso, mirava o paquete através da lente de uma máquina de fotografar portátil, de um modelo que Jan nunca vira antes. Ali, naquele instante, estava fotografando a chegada do Grantully Castle.

Um bote levou-os até ao areal. Jan saltou primeiro, dando a mão a Lucrécia e a Nga Xixiquinha, e logo os três foram rodeados por um magote de garotos, exigindo dinheiro e doces, e por uma dezena de carregadores, vendendo os seus serviços. Valeram-lhes os empregados de Vicente Van-Dunem, que escorraçaram os garotos e os carregadores, levando-os aos três, sãos e salvos, até junto do comerciante. Lucrécia abraçou o pai, com alegria e carinho. Só depois fez as apresentações.

— Bem-vindo à sua terra, tenente Jan — disse Vicente, estreitando com vigor a mão do jovem. — Os amigos da Lucrécia são meus amigos e ficam na nossa casa. Faço questão de que seja nosso hóspede pelo tempo que permanecer entre nós.

Jan agradeceu. Explicou que estava em Luanda de passagem, por fugazes dias, pois logo partiria para Benguela, e dali para o Bailundo, para visitar o pai. Além disso, tinha alguém à sua espera, acrescentou, apontando com o olhar para o alferes Luís Gomes Mambo, o qual, a essa altura, olhava também para ele com uma expressão de dúvida.

— O alferes Luís Gomes Mambo?! — espantou-se o comerciante. E antes que Jan dissesse fosse o que fosse, acenou para o militar, sorrindo. Luís Mambo veio ter com eles. Dobrou-se numa vênia rígida:

— Bom dia, minhas senhoras, meus senhores. — Dirigiu-se depois a Jan: — Tenente Jan Pinto, presumo?

Vicente Van-Dunem agarrou-o por um ombro, numa intimidade que surpreendeu Jan:

— Este rapaz é um excelente músico, o senhor tenente sabia disso? E também se interessa pela botânica da nossa terra, e pelos seus usos na medicina dos indígenas. Todos os dias descubro nele um novo interesse ou um novo talento. Deixo que o senhor alferes nos roube o tenente, pois sei que está muito bem entregue, desde que ambos aceitem jantar conosco ao fim da tarde.

5

O alferes Luís Mambo conduziu Jan, em largas passadas, até um edifício quadrado, que se erguia sobre a praia, defronte à baía, a trezentos metros do cais. Três carregadores foram atrás deles, carregando às costas um baú e duas malas grandes do tenente, enquanto cantavam uma canção em quimbundo. Na fachada do prédio podia ler-se, em convictas letras azuis sobre um fundo branco: Grande Hotel Imperial. Os quartos eram amplos, arejados, embora sem nenhum conforto, exceto pela grande banheira de cobre, com fortes pés de leão, colocada a um canto.

A janela dava para um quintal fundo. Jan abriu-a e viu uma gaiola na qual esvoaçavam diversos tipos de aves canoras, e um tanque com três crocodilos, tudo isto mergulhado na penumbra rumorosa de uma mangueira imensa, de ramadas largas, que, sozinha, parecia uma floresta prestes a engolir a cidade. Agradeceu a sombra da mangueira e o pipilar dos pássaros, lamentou a sorte dos crocodilos, fechou a janela, despiu-se e tomou um banho rápido. Enxugou-se. Vestiu-se. Perfumou-se. Meia hora depois encontrou o alferes no mesmo lugar onde o deixara, no salão de entrada do hotel, fumando um cigarro, enquanto folheava um jornal. Uma espessa nuvem de mosquitos pairava sobre a cabeça descoberta do jovem militar, como uma espécie de auréola profana.

Luís Mambo já tinha arrendado duas maxilas.

(*Vale a pena ler o que escreveu o já referido Sebastião José Pereira, em* Quarenta e cinco dias em Angola — apontamentos de viagem, *so-*

bre as maxilas: "(...) espécie de palanquim suspenso, servido por dois pretos. Farei a descrição deste traste, que faz parte de todas as mobílias, e que não deixa de aparecer em todos os leilões, que frequentemente se fazem, tanto por motivo de retirada, como de falecimento. A base que serve de assento pode comparar-se à de um canapé de palhinha, de metro e meio de comprido, e setenta centímetros de largura. Numa das extremidades, mas de um lado só, e no sentido longitudinal, tem uma apoio, tal e qual o dos nossos canapés, para servir de encosto ao braço. De cada uma das extremidades partem cinco cordões, que atravessam a grade de madeira e vão reunir-se, na altura de pouco mais de um metro, a umas argolas que se introduzem em dois ganchos fixados num tronco de palmeira, a que chamam tunga, e que é digna de reparo pela sua solidez e notável leveza. Sobre ela pende um dossel, de dimensões pouco maiores que as da base, guarnecido em volta de um bambolim, para esconder os arames em que correm duas cortinas de chita adamascada e de cores muito vistosas. Os pretos põem aos ombros as extremidades da tunga, e como então o assento fica apenas arredado do chão uns trinta centímetros, tem a gente de se baixar para entrar para a maxila, onde se senta com as pernas estendidas, como quem está num banho de tina. (...) Os pretos gostam muito de trazer na mão uma chibatinha, ou um cacetinho curto, principalmente os carregadores, que parece ao andar que se equilibram com ele, levando-o de braço erguido como uma espada. Alguns usam um pau curto, com uma bola na extremidade, e que nas suas mãos é uma arma terrível, atirando-a a grandes distâncias tão certeiramente, que chegam a matar caça".)

Luís Mambo apagou o cigarro, colocou o capacete colonial na cabeça e a máquina fotográfica a tiracolo, e subiu para a sua. Jan sentou-se na outra, um tanto a contragosto, pois, como tentou explicar ao alferes, achava aviltante seguir às costas de dois homens, tanto mais que poderiam facilmente cumprir o percurso a pé.

— Pois vossa excelência é anarquista? — indignou-se o cabindês, cortando rente as objeções do tenente. — Este é o meio de transporte mais prático e mais cômodo da cidade. Vamos!

A família Van-Dunem vivia na cidade alta, num elegante sobrado, uma casa em madeira, com dois andares, circundada por uma espaçosa varanda verde. A mesa estava posta no quintal, para cinco pessoas. Um perfume a cedro e ervas cítricas fluía de dois pequenos potes, colocados sobre brasas, para afastar os mosquitos. O estratagema, contudo, não foi suficiente para repelir a aura diáfana, luminosa, que insistia em pairar sobre a cabeça do alferes.

Lucrécia surgiu vestida à maneira africana, com belos panos do Congo, presos com muita graça acima do peito. Trazia a cabeleira coberta por um turbante florido. Ao pescoço, um pesado colar de âmbar e prata.

— Parece uma princesa etíope — murmurou Jan, e logo se arrependeu da observação.

A moça riu-se:

— O colar veio realmente da Abissínia. Foi presente do meu pai.

Vicente Van-Dunem sorriu:

— Lembrança de uma viagem que fiz à Abissínia, há muitos anos. Saiba vossa excelência que nesta casa valorizamos África. Reverenciamos a verdadeira alma indígena do nosso país. Não somos como esses pretensos pretos civilizados, de colarinho e gravata, que enchem as repartições públicas desta cidade, que enchem as igrejas, as tabernas e os prostíbulos, e morrem de vergonha das próprias origens. Somos pretos orgulhosos da nossa cor e da nossa civilização.

Jan não escondeu a surpresa:

— É certo que esteve na Abissínia? Não me diga que conheceu o imperador?

— Não, não tive essa sorte. Na altura, o imperador era o grande Teodoro II, uma figura extraordinária...

Recostando-se na cadeira, falou da difícil relação que o imperador mantinha com a igreja ortodoxa. Contou que certa manhã, tendo o imperador despertado aborrecido, chamou o capitão da sua guarda, ordenando-lhe que fosse à casa do *abuna*, título honorífico utilizado para designar os bispos ortodoxos, levando a seguinte mensagem: "O imperador diz que o senhor não é mais do que um cão, filho e neto de cadelas". O infeliz capitão, aterrorizado, implorou ao imperador para que este enviasse mensagem tão importante por alguém mais graduado. Foi então um coronel, o qual, imperturbável, transmitiu o insulto. Demonstrando idêntica fleuma, o *abuna* apenas inclinou a cabeça, num agradecimento breve. Uma semana mais tarde, contudo, reuniu-se com o imperador, ao qual ameaçou de excomunhão. Então, Teodoro II tirou uma pistola do cinto, encostando-a ao pescoço do *abuna*:

— A sua benção, meu padre.

E o bispo abençoou-o.

Vicente Van-Dunem concluiu a história às gargalhadas:

— Já deve ter percebido, meu caro tenente, que eu não nutro grande apreço pelos padres. Aliás, por nenhuma religião. — Depois, endireitando-se, cravou em Jan uns olhos largos e curiosos. — Agora diga-me lá, com franqueza, o que o traz a Angola, para além da propalada intenção de visitar o senhor seu pai?...

Jan assustou-se:

— Vossa excelência não acredita no que lhe disse? Crê que estou ocultando os meus verdadeiros motivos?

— Tenho a certeza absoluta, tenente. Caso contrário, o alferes Luís Gomes Mambo não estaria na praia, aguardando por si. Vossa excelência veio em missão militar...

Luís Gomes Mambo, que até então se mantivera calado, ergueu a voz, nervoso:

— O meu querido amigo sofre de um excesso de imaginação. O senhor tenente é amigo de um amigo...

Lucrécia interveio, com um sorriso doce:

— Papá, conta ao nosso convidado como quase perdeste uma perna...

Vicente Van-Dunem sorriu. Contou que, meses antes, fora com um grupo de amigos caçar, junto à lagoa do Quinaxixe. Em determinada altura surpreendera-se ao ver um crocodilo imóvel, meio enterrado na lama. Ao aproximar-se do bicho, crente que estava morto, este deu-lhe uma tal pancada com a cauda que o atirou a uns bons seis metros de distância, contra um imbondeiro, quebrando-lhe o fêmur direito. O ferimento infectara, o osso demorara a consolidar, de forma que para ali estava, ainda forte mas quase um inválido, um velho imprestável, aos cuidados das duas filhas e da criadagem.

6

Na manhã seguinte, Jan foi até a fortaleza, na companhia de Luís Mambo. Por exigência do tenente, seguiram montados em dois pequenos cavalos. Enquanto galgavam a Calçada dos Enforcados, num trote lento e difícil, Jan quis saber o nome do tenente que iam interrogar.

— Rubi Salvado da Silva — informou o alferes. — Filho de portugueses, mas nascido e criado na cidade de São Filipe de Benguela. Não espere conseguir muito do homem. Primeiro, ficou surdo...

— Surdo?

— Surdo! Ele mesmo espetou uns espinhos compridos nos ouvidos. Rompeu os tímpanos. Além disso não diz coisa com coisa. Chora o tempo todo.

O tenente chefiava um pequeno grupo de doze soldados europeus, enviados para reforçar um posto militar, no interior do Bié. Fora o único sobrevivente. Dois soldados estavam desaparecidos.

O major Frutuoso Manso, comandante da Fortaleza de São Miguel, conduziu Jan Pinto e Luís Mambo até a cela onde o infeliz tenente permanecia isolado. Era um alentejano com uma pele cor de elefante, farto bigode e olhos miúdos, que chegara a Angola muito jovem, já como militar. A voz rouca, sólida, coincidia e reforçava o seu inabalável porte marcial. Segundo ele, o jovem tenente deveria ser evacuado para Lisboa com a urgência possível, para ser atendido por médicos alienistas, pois ali, naquele fim do mundo, ninguém o podia ajudar. Além do mais, assustava os soldados com os seus gritos e queixumes.

O tenente Salvado da Silva estava sentado num catre, no interior de uma cela pequena, muito limpa. Olhou-os com uma intensa expressão de espanto no rosto imberbe:

— Os tambores! — gritou em umbundo. — Não oiçam os tambores!

Foi impossível obter dele uma única declaração que não parecesse corrompida pela insidiosa ferrugem do delírio. Jan tinha levado umas largas folhas de papel, com frases escritas, em letras gordas, que foi colocando diante dos olhos do rapaz:

— Pode dizer-nos quem vos atacou?

— Por que furou os ouvidos?

— Sabe o que aconteceu aos dois soldados da sua companhia que desapareceram?

O tenente leu a primeira frase, com os olhos arregalados. Depois começou a bater com as palmas das mãos no rosto, chorando e lamentando-se:

— Eu era muito pequeno. O meu pai obrigou-me a matar o porco. Obrigou-me. Ele obrigou-me...

O alferes Luís Gomes Mambo sentou-se ao lado do rapaz, estreitando-o num forte abraço. Este, contudo, não sossegou. Gritava cada vez mais alto, ora em umbundo, ora em português:

— Eu não tive culpa! Eu não tive culpa!

O tenente Jan Pinto guardou as folhas de papel numa pasta. A seguir, sacudindo a cabeça, com desânimo, encaminhou-se para a porta.

— Vamos embora — disse, dirigindo-se ao alferes. — O pobre homem não nos pode ajudar. É inútil. Não nos dirá nada que valha a pena.

7

Luís Gomes Mambo provou o caldo. Achou-o uma delícia. A esposa, ocupada na arrumação da cozinha, não o vira entrar. Voltou-se e, ao surpreendê-lo com a concha na mão, junto à panela de barro, atirou--lhe uma gargalhada trocista:

— Cozinha não é lugar de homem, marido. Volte para a sala, que eu já vou servir o muzonguê.

— Estou com fome, mulher. Tive um dia difícil...

Minutos depois, sentado à mesa, saboreando o caldo quente, bem ajindungado, com uma larga posta de corvina pescada nesse mesmo dia e cacusso seco, vindo do Dondo, contou o que se passara na fortaleza. Voltou a recordar aquela tarde espantosa, junto à montanha Halavala, quando dera com o acampamento do sargento Pedro Amado. Dona Paciência escutou-o, como já o escutara antes, tantíssimas vezes, nos últimos dias, sempre atenta e assustada:

— O que pode ter acontecido ali?

O alferes pousou os talheres. Abriu os braços, como um Cristo perplexo, e, após um instante de silêncio, voltou a ocupar-se do muzonguê, mas já não com o mesmo fervor e prazer, antes com gestos lentos, distraídos, melancólicos. Dona Paciência ergueu-se e foi avivar o candeeiro a petróleo.

— Parece-me uma boa pessoa, o tenente Jan — murmurou Luís Mambo. — Foi para Lisboa muito jovem, ainda uma criança, mas não esqueceu Angola. Fala quimbundo melhor do que eu.

— Isso também não é difícil, marido...
— E fala umbundo como um filho da terra...
— É um filho da terra...
— Sim. Nascido e criado no Bailundo. Mas a impressão que tenho é que o pobre homem tem medo de voltar ao lugar que o viu nascer...
— Medo? Por causa do que aconteceu?
— Não, não. O que me parece é que tem medo do pai.

8

Lucrécia, Irene e uma amiga de ambas, Mariana, filha do governador da Fortaleza do Penedo, um cidadão polaco, de olhos muito azuis, chamado Benjamim Rogozinski, bordavam bandeirolas para a festa da cidade, que teria lugar dali a uma semana. Estavam sentadas em esteiras e almofadões, sob uma espantosa luz de bronze, na larga varanda do sobrado da família Van-Dunem. Mariana dirigiu-se a Lucrécia, num tom de voz entre a troça e a malícia:

— Andam falando muito num tal tenente...

Lucrécia ergueu os olhos do bordado, curiosa:

— E o que falam?

— Dizem que é um homem belo e misterioso...

— Não gosto de homens misteriosos...

— Não?!

— Não! Prefiro os homens transparentes...

— Mentira — contestou Mariana. — Ninguém gosta de homens transparentes.

— Tem toda razão, a prima Mariana — disse Irene. — Veja bem, mana Lucrécia, os camarões são transparentes. O que tal transparência revela não é lá muito bonito de se ver.

Riram-se as três. Vindo do andar de cima escutava-se o suave queixume de uma rabeca. Era Vicente Van-Dunem que, na solidão do seu quarto, recordava velhas modinhas brasileiras.

— O pai tem saudades do Rio de Janeiro — disse Irene.

— Não, querida. O pai tem saudades de viajar.
— Voltando ao tenente — insistiu Mariana. — Também dizem que ele preferia ter continuado em Luanda. Ao que parece ficou muito bem impressionado com a nossa cidade. Sobretudo com uma senhora que aqui se esconde.
— Ela não vai dizer nada — assegurou Irene, apontando com o queixo para a irmã. — Bem podes provocá-la...

Lucrécia encolheu os ombros:

— Não tenho nada para dizer. Conheci um homem. Simpatizei com ele e creio que ele simpatizou comigo. Noutras circunstâncias poderíamos ter sido amigos. Infelizmente, o Jan está de passagem pelo país... Há poucos dias embarcou para Benguela, e nem sei quando irá voltar...

Mariana pousou o bordado na esteira e levantou-se. Deu alguns passos na varanda, como se dançasse. Ajoelhou-se depois diante de Lucrécia.

— E o que vai o teu belo tenente fazer a Benguela, e depois ao Bailundo, podes dizer-me?

— Ele disse-me que vai ver a família...

— À frente de uma companhia indígena?

— O que queres dizer?

— A noite passada, o major Frutuoso foi visitar o senhor meu pai. Escutei a conversa. O tenente Jan embarcou numa canhoneira, com destino a Benguela, juntamente com o alferes Luís Mambo e mais três soldados pretos. Vão contratar carregadores e empacaceiros, e só depois sobem em direção ao Bailundo. Aquilo não se parece em nada com uma simples viagem pelo interior, minha amiga. Aquilo é uma expedição militar...

— Para quê?!

— Isso não sei. Ninguém sabe.

9

Brindaram aos vivos. Depois, brindaram aos mortos recentes. Morria-se muito em Benguela, de paludismo, disenteria, extraordinárias maleitas que a ciência médica ainda não registrara, além de brigas de faca, por motivos fúteis, envenenamentos e até ataques de feras. Assim, quando os brindes terminaram, já Jan se sentia levemente tonto.

Tinham desembarcado em Benguela a meio da manhã. Foram primeiro para a casa de uma próspera comerciante local, Dona Alfonsina Gonçalves da Silva, amiga de Luís Mambo, que os alojara a todos. Ao anoitecer, levaram-nos para uma taberna, propriedade da mesma comerciante, onde lhes serviram uma portentosa caldeirada de peixe.

Luís Mambo apontou para um sujeito amarelo e esquálido, já de certa idade, que, numa outra mesa, contava aos gritos a história de como quase fora devorado por formigas guerreiras, às quais os filhos da terra chamam bissondes, após cair (literalmente) numa armadilha montada por um dos seus inúmeros inimigos.

— Aquele ali, o fala-barato, é o Domingos Salvado da Silva, pai do tenente Rubi...

— Sinistra figura. Não obstante, gostaria de o ouvir.

Domingos Salvado da Silva sentou-se diante deles, descarnado e encardido como um cadáver, mas cheirando muito pior. Chegara a Angola trinta anos antes, condenado ao degredo por certa ligeireza de mãos, como ele próprio explicou, e também por não suportar a monarquia. Durante algum tempo ganhara a vida como caçador, durante outro tempo como pescador, até conseguir insinuar-se na vasta e polpuda intimidade de uma viúva abastada.

Jan deixou-o falar durante um largo pedaço. Finalmente, interrompeu-o:

— Estivemos em Luanda com o seu filho, o tenente Rubi...

O homem olhou-o com súbita frieza:

— Tive um filho com esse nome, mas morreu há muitos anos...

— Pois trago-lhe a feliz notícia de que ressuscitou — disse Jan, com voz firme. — Trago-lhe também a má notícia de que não ressuscitou inteiramente.

Domingos Salvado da Silva endireitou-se:

— O que quer isso dizer?

Jan disse-lhe que o tenente fora ferido na cabeça, em combate contra o gentio rebelde, no Bailundo. Infelizmente, o ferimento afetara-lhe a razão.

— Ferido em combate?! — espantou-se o comerciante, com um súbito fulgor nos olhos.

— Um bravo, o seu filho. Um herói!

Domingos Salvado da Silva desmoronou. Um grande soluço estremeceu-lhe o peito frágil:

— O meu filho, um herói?!

— Um gigante! Um dos soldados mais corajosos que me foi dado conhecer.

Jan deixou que o homem chorasse, com a cabeça entre as mãos, a morte e a ressurreição do filho. Na taberna, fizera-se um silêncio respeitoso. Os homens murmuravam uns para os outros, deitando olhares furtivos na direção do caçador.

— O seu filho, Rubi, falou num porco... Disse, se compreendi direito, que o senhor o forçou a matar um porco...

Domingos Salvado da Silva enxugou as lágrimas à toalha. Fechou os olhos, num esforço para regressar ao passado. Rubi, disse, fora sempre um menino tímido e assustadiço. Recusava-se a acompanhá-lo nas caçadas. Nas poucas ocasiões em que o conseguira arrastar, o garoto envergonhara-o diante dos amigos, correndo aos gritos para afugentar as gazelas ou, ainda pior, abraçando-se aos corpos ensanguentados dos bichos mortos. A partir de certa altura, deixara mesmo de comer carne.

A mãe defendia-o. Se o Rubinzinho não queria comer carne, não comeria carne. Se não queria ir à caça, não iria. Ficaria em casa, com as molecas, lendo poesia e pintando aquarelas. Ele, Domingos Salvado da Silva, exasperava-se com os chiliques do filho, com a sua palidez, com os delicados modos de donzela.

Num certo domingo, o caçador decidiu matar um enorme porco, que há meses andava cercando de carinhos e cuidados:

— Dei-lhe de comer à mão. Só faltou limpar-lhe o rabo.

Domingos nascera e fora criado no norte de Portugal. Para ele, a matança era uma festa épica, que culminava com os homens ensanguentados, comendo sarrabulho e bebendo vinho tinto.

Naquele domingo, levantou-se muito cedo. Ele mesmo picou o alho, preparou o sal e o gindungo. Depois, juntamente com alguns amigos, todos portugueses, nortenhos ferozes, lavou os alguidares, onde seria vertido o sangue do bicho, e a banca de madeira onde o iriam colocar. Afiaram as tesouras, as facas e a matadeira. O porco deu luta. Derrubou quatro escravos, chegando mesmo a morder um deles. Numa corrida insana, desesperada, furou pelo meio da turba, conseguindo alcançar a rua. Escravos, criados e senhores largaram atrás dele, até que o conseguiram alcançar, e, numa procissão ruidosa, irmanados por uma comum euforia de machos, retornaram ao quintal, onde, finalmente, o amarraram à banca de madeira.

Então, Domingos Salvado da Silva foi buscar o filho, que se refugiara no quarto, com a cabeça enfiada numa almofada, e trouxe-o, preso por uma orelha, até ao patíbulo, onde o porco aguardava, gritando e debatendo-se. O homem colocou a matadeira nas mãos de Rubi, mostrando-lhe o ponto exato da garganta do bicho no qual devia espetar o ferro. O menino implorou:

— Por favor, pai, não quero matar o porco!

Domingos esbofeteou Rubi. Uma, duas vezes, com tal violência que o sangue saltou do nariz do rapaz, manchando de vermelho a camisa muito branca.

— Ele espetou a matadeira, sim, mas muito mal — concluiu Domingos Salvado da Silva. — Tive eu próprio de terminar o serviço.

10

Um boi-cavalo é simplesmente um boi que foi promovido às funções de cavalo. Nos finais do século XIX, em Angola, por falta de cavalos, e porque os bois eram mais resistentes ao clima e às doenças, os viajantes costumavam montar no dorso de bois, quando pretendiam vencer longas distâncias.

Jan Pinto e Luís Mambo seguiram para o Bailundo, a partir de Benguela, montados em bois-cavalos. Não sei de que espécie, isso é irrelevante. Sei, contudo, que eram animais poderosos, e que um deles se chamava Capelo e o outro Ivens. Atrás dos dois oficiais, num forte carro bóer, puxado por dez juntas de bois comuns, iam Nande, conduzindo o veículo, além de três outros soldados: Ekumbi, Elavoko e Tchipenda.

Ainda mais atrás, a pé, seguiam seis carregadores. Quatro empacaceiros fechavam o cortejo, estes últimos carregando compridas espingardas.

(Hoje em dia, nesta nossa terra de Angola, já pouca gente se recorda dos empacaceiros. Durante décadas foram uma lendária companhia de soldados indígenas. Ganharam essa designação porque, em muitos casos, os seus integrantes usavam um tipo de tangas confeccionadas a partir do couro curtido de pacaças. Todos eles eram extraordinários pisteiros e caçadores. Sabiam ler o alfabeto misterioso dos matos e das savanas, pelo que eram capazes de sobreviver, sem água nem mantimentos, nas circunstâncias mais difíceis. Comandava a companhia de empacaceiros,

à data dos eventos aqui narrados, um capitão de origem europeia, já nascido no país, José António Gonçalves, que selecionou para a expedição quatro dos seus mais bravos soldados. O valor dos quatro empacaceiros estava explícito nas caudas de leão que ostentavam ao pescoço. Matar um leão, armado apenas de uma comprida adaga, era para eles a mais alta prova de coragem.)

Ao contrário de Luís Mambo, que montava o seu boi-cavalo com elegância, até com certa indolência, como se estivesse sentado à varanda de casa, numa confortável poltrona, Jan fazia um enorme esforço para se manter ereto no conformado dorso de Capelo. Ao fim de poucas horas de marcha, estava já exausto, com o corpo inteiro dorido e suado.

— Podemos parar um pouco? — implorou. — Sinto os ossos a soltarem-se.

— Não antes das cinco da tarde — contestou o alferes. — Temos de aproveitar a luz.

Quando finalmente se detiveram, Jan estava de tal forma exausto que se deixou cair para cima de uma esteira, enquanto os soldados montavam as tendas. Luís Mambo foi ferver água. Instantes depois reapareceu com uma chávena de um chá muito vermelho:

— Beba isto, meu tenente. Vai sentir-se melhor...
— O que é?
— Uma erva das nossas...
— Então sempre é verdade que o senhor alferes entende de ervas?
— Sou apenas um curioso.
— E o interesse pela fotografia? Onde comprou essa extraordinária máquina? Nunca vi um modelo tão pequeno...

Luís Mambo riu-se com gosto. Não comprara a máquina. Não ganhava o suficiente, nem como militar, nem como músico, nem como físico diletante e colecionador de plantas, muito menos como fotógrafo amador, para comprar um instrumento como aquele. Ganhara-a na sequência de uma aposta, um tanto incomum, com um viajante inglês.

— E como foi isso?
— As plantas. A minha paixão por plantas.

O inglês, John Burton, de visita a Luanda, contratou-o para que o levasse a passear pelos sertões, nas cercanias de Luanda. Queria ver a paisagem. Melhor, pretendia fotografar a vegetação. O seu interesse principal eram os imbondeiros, essas grandes árvores que os franceses chamam *baobab* e os ingleses *monkey bread tree*.

— Sabe como lhe chamamos nós, os cientistas? — perguntou o inglês ao jovem alferes, num tom displicente.

— *Adansonia digitata*.

O homem parou — uma estátua de espanto. Parecia-lhe verdadeiramente assombroso encontrar ali, nos arrabaldes da civilização, um africano versado em botânica e em latim. A observação irritou Luís Gomes Mambo:

— Aposto que conheço mais nomes científicos de plantas do que vossa excelência!

O inglês empertigou-se:

— Ah sim?! E o que apostamos?

— Se eu ganhar, vossa excelência oferece-me a sua máquina fotográfica...

— Muito bem. E se ganhar eu?

— Se vossa excelência ganhar eu dou-lhe a minha mulher, por uma noite!

Jan arregalou os olhos, horrorizado:

— Você apostou a senhora sua esposa?!

Luís Gomes Mambo encolheu os ombros, enquanto terminava de beber o chá.

— Não tencionava perder.

— E se tivesse perdido?

— A minha mulher ter-me-ia morto antes que eu pudesse cumprir a minha promessa. Não estaria agora a falar com o senhor.

Durante uma hora percorreram o mato, em rápidas passadas, na companhia de dois franceses: um jovem aristocrata, rico e entediado, que se juntara a John Burton, em Londres, na sua pequena expedição africana, e um comerciante estabelecido em Luanda, primo do primeiro, ambos sem o menor interesse pelo mundo das ciências naturais. Começaram pelas árvores e arbustos: messapa, pau-ferro, burututu, mucaráti. Passaram depois às espinheiras e ao mato rasteiro; quando chegaram aos capins e ervas mais humildes, já os dois franceses riam alto, troçando do explorador inglês e festejando a vitória surpreendente do alferes angolense:

— Entrega a máquina, John! — disse o aristocrata. — Quem diria que haveríamos de encontrar em Angola alguém mais sábio do que tu?

John Burton cumpriu a palavra. Entregou a máquina fotográfica a Luís Gomes Mambo. Fez ainda questão de lhe oferecer um guia de plantas da África Austral. Já em Luanda, despediu-se dele com um forte abraço.

— Ficamos amigos — concluiu o alferes. — A última vez que me escreveu, estava em Zanzibar.

(John Burton, primo em segundo grau de Richard Burton, o grande viajante inglês, publicou um livro, As Aventuras de um Fotógrafo na África Selvagem *(Londres, 1901), no qual relata o encontro, em Luanda, com Luís Gomes Mambo. Confirma ter perdido a sua Kodak numa aposta com Mambo. Porém, talvez para proteger a honra do amigo e da mulher deste, afirma que o alferes angolano apostou "a única coisa que possuía com algum valor, para além da esposa, Dona Paciência, uma mulata de extraordinária beleza — um dente de elefante".)*

11

Malamba. Assim se chamava o mais velho dos empacaceiros. A mãe morrera no parto, motivo por que fora condenado a carregar a desgraça no nome. Jan reconheceu-se logo nele. Órfãos reconhecem-se uns aos outros. Preferiu fazer o resto do percurso a pé, ao lado do soldado, deixando que Ekumbi montasse o seu boi.

Afundaram-se no capinzal. Durante horas Jan só conseguia divisar o céu, erguendo a cabeça. Diante deles levantava-se uma altíssima parede verde e ondulante. Seguiam, ele e Malamba, atrás de Ekumbi, no caminho aberto pelo enorme boi, como quem vai na esteira de um navio. O ar cheirava a capim macerado e a suor, um cheiro açucarado, tão forte que ao tenente parecia-lhe estar sorvendo xarope.

Malamba falava pouco. Em determinada altura apontou para a parede de capim:

— Ali, meu tenente. Tem gente ali.

Jan não conseguia ver nada. Os quatro empacaceiros, com Malamba à frente, mergulharam no exuberante verdor. Decorridos alguns minutos regressaram, trazendo adiante, aos encontrões, um mulato bem vestido, de botas compridas e um largo chapéu de palha, que Jan logo reconheceu:

— Mateus! — gritou.

Abraçaram-se os dois. Era Mateus, o irmão mais velho de Jan. Saíra de casa dois dias antes, para caçar — e acabara sendo caçado. Queixou-se da brutalidade dos empacaceiros. Malamba desculpou-se:

— Peço que o senhor nos perdoe a descortesia. No mato, se o senhor ouve um barulho, o melhor é preparar-se para que seja um leão, ainda que depois descubra uma gazela.

Mateus instruiu um dos empregados para que fosse à frente, a correr, avisar a família da chegada do grupo. Assim, quando finalmente alcançaram as casas e lojas de João Pinto, encontraram muito povo reunido no terreiro, uns poucos para reverem Jan, a maioria na esperança de que a festa fosse rija, e sobrasse carne e vinho para todos.

Assim foi. João Pinto mandara matar três bois. Mandara também trazer todo o vinho e aguardente que houvesse nos seus armazéns. Jan olhou para o pai e viu um homem velho, ainda enorme, ainda muito direito, mas com as mãos trêmulas e os olhos enevoados. Teve dificuldade em reconhecer nele os traços do sujeito duro, colérico, com quem discutira no dia em que deixara o Bailundo.

— Voltaste! — disse João Pinto. — E és tenente do exército português! Folgo em ver-te.

Estavam sentados ao redor de uma grande mesa, no alpendre da casa principal. Dali divisava-se um suave tropel de morros verdes. O ar estava saturado com o cheiro do churrasco e do suor de tanta gente junta. Mateus, entalado entre a mulher, uma senhora muito distinta, nos seus belos panos africanos, e o largo corpanzil do pai, olhava para o irmão mais novo com sincero afeto:

— Talvez penses que está tudo igual por aqui, maninho. Na pasmaceira do costume. Não está...

— Não está!... — concordou João Pinto.

— O povo anda agitado — prosseguiu Mateus. — Sabes, com certeza, o que aconteceu ao velho Silvestre, o Pasmado...

— Ouvi falar. Assaltaram-lhe a loja...

— Levaram-no — disse o velho, esfregando os olhos, num tom de incredulidade.

— Levaram-no?

— Levaram-no a ele e a todos os sobreviventes, incluindo vários soldados brancos — disse Mateus. — O Mutu-ya-Kevela fez com os brancos o que os sobas grandes sempre fizeram com os inimigos derrotados em combate...

— Juntou-os aos escravos?

— Sim. Agora são escravos do rei do Bailundo.

12

Jan, sentado numa cadeira de balanço, entre Mateus e Luís Gomes Mambo, vê o povo a dançar no terreiro, ao redor de uma alta fogueira.

— O que levou Mutu-ya-Kevela a atacar as lojas dos portugueses?

— O rei está zangado — murmurou Mateus. — Ele e os outros. Os negócios vão mal. Primeiro, com a proibição do tráfico de escravos... Sabes que eu não concordo com isso, mas todos nós aqui ficamos a perder... Depois, o preço da borracha descambou de repente, ninguém compreende o motivo... E o marfim?! É preciso ir cada vez mais longe para encontrar elefantes... O Pasmado, deixa-me que te diga, nunca foi boa pessoa... Um grande bandido, esse branco... Aquela aguardente dele... Sinceramente!

— E a nossa? A nossa por acaso é melhor?

— É muito melhor que a dele, maninho! Os anos que os degredados passaram a enganar as pessoas, aqui, e em Benguela, e em Luanda, acabaram por prejudicar os comerciantes no seu conjunto. Primeiro, ficamos todos nós com fama de desonestos, incluindo os mais sérios. Depois, para compensar, também os pretos nos enganam. Falsificam a cera, misturando nela areia e fuba. Falsificam a borracha, metendo pedras dentro das bolas. Falsificam até o azeite de palma, batizando-o com óleos inferiores.

— Acho muito bem — riu-se Jan. — É a vingança dos pobres.

— Não acharias tanta graça se estivesses aqui, conosco, tentando manter a cabeça à tona da água. Mas não quero falar disso. Voltando ao

Pasmado, ele é tão estúpido e tão ganancioso que tentou enganar o próprio soba grande! Uma coisa é venderes aguardente de quinta categoria ao povo. Outra, é tentares enganar o rei!

— Foi isso que aconteceu?

— Foi isso que aconteceu! — disse Mateus, passando a falar umbundo. — Nos últimos anos, como sabes, tem havido muitos problemas. Desde que morreu Ekuikui II só há problemas. O fim do tráfico empobreceu os reinos do planalto central. O marfim escasseia. E agora, com a queda súbita do preço da borracha, as coisas se complicaram ainda mais. Os comerciantes, desde que deixaram de poder comprar e vender pessoas, ficaram muito dependentes dos sobas. Todos se queixam de que o Rei do Bié cobra impostos muito elevados pelo marfim. Mesmo aqui, como deves saber, já não é como no tempo do Ekuikui II, em que tudo se resolvia com presentes. Agora pagamos impostos e ainda temos de responder aos pedidos da corte. Eles querem tecidos, querem papel, eu sei lá, é um sorvedouro sem fim. E ainda há os mucanos, as multas, qualquer problema que aconteça, qualquer mínimo desentendimento, somos forçados a pagar indenizações aos ofendidos. Como sabes, quem estabelece o valor do mucano é o rei, e este novo rei, o Mutu-ya-Kevela, não perdoa. Se ganhamos cem, cinco ou dez gastamos com o mucano...

Luís Gomes Mambo chegou-se à frente:

— Os comerciantes têm vindo a insistir com o governador para que ele submeta os reinos independentes. E o governador conta com o apoio de Lisboa. O tempo dos reinos independentes está a chegar ao fim...

Mateus riu-se, trocista:

— Está a chegar ao fim? É isso que dizem os seus generais, lá, em Lisboa? Deve ser bom estar num palácio qualquer, na capital do reino, muito, muito longe da realidade, desenhando fronteiras num mapa imaginário. Nós, aqui, é que pagamos pelos sonhos malucos dos brancos...

— O Luís tem razão, mano. E tu, tu também tens. Os dois estão certos. Quem decidiu desenhar as fronteiras deste país não sabe o que aqui se passa. Aliás, não sabem nada de nada, e nem querem saber. Ainda assim, ninguém pode deter a marcha do progresso. Se não forem os portugueses a depor Mutu-ya-Kevela, e todos os outros sobas, serão os ingleses. O tempo dos reinos independentes está a chegar ao fim.

Mambo acendeu um charuto:

— É o progresso, sim, meus amigos. A civilização...

Mateus cuspiu para o chão, com desprezo:

— Essa mesma civilização que durante quatrocentos anos cresceu às custas do tráfico de escravos e do roubo descarado dos africanos?

Jan sorriu, divertido com a revolta do irmão:

— Sim, mano. Essa mesma!

13

António Raimundo Cosme distinguia-se pela mansidão. Nascera em Malange, mas fora muito novo para Luanda, onde estudara. Aos vinte e oito anos, após a morte do pai, estabeleceu-se no Bié, com uma loja dedicada primeiro ao comércio da borracha, e depois de marfim e madeiras.

Cosme também se distinguia da maior parte dos grandes comerciantes locais devido à cor da pele. Como ele próprio gostava de dizer, era "inteiramente preto". Falava fluentemente cinco línguas africanas, além de português, francês e inglês. Por último, interessava-se pela cultura, pelos costumes e pelas leis dos povos do planalto, mantendo laços de amizade, e até de parentesco, com muitas autoridades tradicionais.

Jan nunca ouvira falar dele. Ficou um pouco surpreso na manhã em que o viu chegar, montado num belo cavalo branco. Acompanhava-o, cavalgando um burro, um português gordo e suado. Foi este quem primeiro desmontou. A seguir, apressadamente, ajudou o comerciante a apear-se.

— Quem é o Dom Quixote? — perguntou a Mateus.

O irmão riu-se:

— António Raimundo Cosme. O pai não simpatiza com ele. Alguma coisa muito séria aconteceu para que o Cosme nos tenha vindo visitar.

Instantes depois estavam todos reunidos no salão da casa grande. João Pinto enterrado num cadeirão de couro, muito sério, muito fúnebre, lançando olhares escuros à sossegada figura do concorrente. Mateus, sentado junto ao velho, foi conduzindo a conversa.

— O meu pai gostaria de saber o que o trouxe aqui...

António Raimundo Cosme ofereceu à plateia um sorriso plácido. Começou por agradecer a hospitalidade, os chás, o café, os bolinhos, assegurando que era sempre um enorme prazer visitar a família Pinto. Fora até ali movido não apenas pelo desejo de rever os vizinhos, e em tão bom momento que dera com Jan, o filho pródigo, recém-regressado, mas também para tratar de um assunto que a todos dizia respeito.

— E posso saber que assunto é esse? — rosnou João Pinto.

— O senhor Silvestre Souto da Mata...

— Esse senhor não é um assunto meu — interrompeu João Pinto, levantando-se. — Se quiserem continuar esta reunião, continuem, mas sem mim. Eu vou dar de comer aos porcos.

O malangino não se perturbou. Ergueu-se para se despedir do português, e logo se voltou a sentar. Acendeu um charuto.

— Como dizia, vim aqui para discutir a libertação do senhor Silvestre — disse, soltando uma densa e perfumada nuvem de fumo. — Quero ir até lá, à ombala do rei, comprar a liberdade dele.

— Os senhores são amigos? — perguntou Jan.

Cosme sorriu:

— Amigos, nós?! Não creio que o senhor Silvestre tenha entre os seus amigos pessoas como eu...

— Pessoas como o senhor?

— Pessoas da minha cor...

— Não compreendo — murmurou Jan, perplexo com a generosidade do comerciante. — Por que faz isso?

— Por que faço o quê?

— Por que se dispõe a comprar a liberdade de um homem mau e preconceituoso, que, se pudesse, o escravizaria a si?

Cosme estudou-o, com os olhos brilhantes, o charuto preso aos dentes.

— Um ato justo não precisa ser justificado — disse. — E então, tenente, vem comigo?

— Sim, vou! Quando partimos?

14

Havia um riacho. Jan lembrava-se, em criança, de brincar nas suas águas. Ele e os irmãos, nus, perseguindo-se uns aos outros. Falou desse tempo a Luís Gomes Mambo, que se mostrava encantado com a paisagem, o vale, as montanhas, aquela água festiva cantando entre as pedras. Disse-lhe ainda que Verney Lovett Cameron passara por ali, alguns anos antes, e ficara igualmente maravilhado. "Um vislumbre do Paraíso." Fora isso que o grande viajante inglês escrevera no seu livro, *Across Africa*.

Sentaram-se numa rocha, contemplando o riacho.

— Vossa excelência está a revelar-se um excelente estratego — disse Luís Mambo, interrompendo o silêncio. — Aceitar a proposta do senhor António Cosme para visitar o rei dos bailundos irá permitir que investiguemos os estranhos acontecimentos que nos trouxeram até aqui, sem levantar a menor desconfiança.

— Foi Deus quem nos enviou esse bom homem — riu-se Jan. — Não podia ter surgido em melhor ocasião.

— Vamos todos?!

— Todos?! Perceberiam logo que somos militares. Como acha que nos receberiam?!

— Permita pelo menos que eu o acompanhe. Diremos que sou um seu criado. E levo a máquina fotográfica. A fotografia, nestes tempos inverossímeis, pode ser muito útil.

Jan viu-se forçado a concordar. A nova arte da fotografia autenticava a realidade: dava-lhe não só credibilidade, como, além disso, a preservava para o futuro.

— A fotografia é a arte de empalhar o tempo — sentenciou o alferes, enquanto sacudia a cabeça em filosófica concordância. — Fotógrafos são os taxidermistas do instante.

15

Foi assim que Jan Pinto se viu a caminho da embala real do Bailundo, na companhia de Luís Mambo, do comerciante António Cosme e de mais três criados deste, entre os quais o português gordo, um alentejano que não se chamava Sancho Pança e sim Pedro Faz-Tudo, e que era quase tão manso e afável quanto o famoso personagem de Miguel de Cervantes.

Entardecia quando António Cosme, que trotava na dianteira do grupo, montado no seu belo cavalo branco, ergueu a mão direita, impondo silêncio.

— Estão a ouvir?

Jan Pinto não ouvia nada, senão os gritos espaçados de algum pássaro.

— Deveria ser uma coruja, mas é improvável — murmurou Luís Mambo, que seguia ao seu lado direito. — Essa coruja não canta a uma hora destas. Só de noite. Noite fechada.

— Então?!

— Então é alguém imitando uma coruja. São guerreiros comunicando uns com os outros.

António Cosme ergueu ambos os braços. Depois gritou alto, num umbundo sem arestas:

— Vimos em paz. Queremos falar com o rei! Sou António Cosme, o Ombembua!

Instantes depois um homem enorme emergiu do capim, trazendo numa das mãos uma lazarina ferrugenta, que segurava como se fosse um leve graveto, e na outra uma catana, com a lâmina brilhante e afiada. Logo surgiram mais homens, todos vestidos com panos simples, de muitas cores, amarrados à cintura. António Cosme bateu as palmas, junto ao peito, dirigindo-se ao gigante:

— Ualali!

— Ualali-pô! — respondeu o outro, e logo os restantes guerreiros fizeram eco com ele.

— Kapitango, fico feliz por voltar a ver-te. Queremos conversar com o rei...

O gigante sorriu, atirando a lazarina para o ombro:

— Venham. O rei aguarda a vossa visita.

Dizendo isto, voltou a entranhar-se no capinzal. Caía a noite quando começaram a ouvir os tambores, primeiro em surdina, como a respiração ofegante de um imenso animal, e depois cada vez mais nítidos, vibrantes e festivos. Atravessaram ruas muito limpas, entre cubatas redondas, despertando o espanto das crianças e as gargalhadas das mulheres, até alcançarem uma construção circular, enorme, sem paredes, formada por um alto teto de colmo, sustentado por poderosos troncos — um jango. Ao centro do jango, ardia uma fogueira. O rei aguardava por eles, sentado a poucos metros das chamas, num otchalo com um espaldar longo, ricamente trabalhado. Era um homem esguio, com um rosto comprido, olhos amendoados e luminosos. Envergava um largo casacão militar, azul-cobalto, bordado a ouro, sobre uma camisa de seda, de um vermelho muito vivo. À cintura trazia um pano azul-claro, agaloado de prata e franjado de branco, e, nos pés, meias pretas e finos sapatos chineses. Na mão direita segurava o bastão do poder — o ossapata. Cercavam-no os seus ministros — os somas —, uns instalados em esteiras, e outros em otchalos menores, sem espaldar.

Os batuques calaram-se de repente.

António Cosme desceu do seu cavalo e subiu para o jango, ajoelhando-se, tocando com a testa no chão, e depois estalando os dedos junto ao peito. Jan Pinto e Luís Mambo imitaram-no. Dois homens trouxeram cadeiras, para que se sentassem.

— Estava à tua espera, meu amigo — disse Mutu-ya-Kevela, dirigindo-se a António Cosme. — Podes dizer-me quem são os brancos que te acompanham?

— Sim, bisavô, é uma alegria ver que está forte, mais forte e saudável do que nunca. Mais forte até do que o leão mais forte. Respondendo à sua pergunta, branco, branco europeu, o único aqui é o meu secretário, Pedro Faz-Tudo, que o senhor rei já conhece. Este, o senhor Jan, é um dos vossos filhos. A montanha Halavala o nasceu e criou. O outro homem, Luís, é um criado dele, natural de Cabinda.

O rei voltou-se para Jan, curioso:

— Quem é o teu pai?

— Obrigado por nos receber, bisavô. Leão! Leão mais forte que qualquer leão! — disse Jan, batendo palmas junto ao peito. — Sou o filho caçula do português João Pinto. Aquele filho que perdeu a mãe no parto. A minha mãe era da nação bóer. Fui para Portugal muito jovem, estudar. Voltei há poucos dias ao Bailundo, para ajudar o meu pai.

Um murmúrio feliz acolheu as palavras do jovem tenente. Os anciãos trocavam breves comentários uns com os outros, aprovando o umbundo perfeito de Jan, enquanto o olhavam sorrindo. Entre o grupo de somas destacava-se pela juventude, e também pelo aprumo, um homem de barba cerrada, nariz largo, olhos profundos. Foi por causa do sorriso — um sorriso claro e trocista — que Jan, num súbito relâmpago, o reconheceu: Kavita!

Kavita costumava acompanhar a mãe, quando esta se deslocava às lojas de João Pinto, para trocar mel por tecidos. Vinham de manhã e, muitas vezes, só partiam ao entardecer. O menino era alegre e decidido. Não parecia ter medo de nada. Foi com ele que Jan aprendeu a caçar ratos do campo, com armadilhas rudimentares, e depois a assá-los. Juntos, escalaram uma grande pedra, dentro da mata, em cujo topo esperavam encontrar um tesouro. Não encontraram nem potes carregados de moedas de ouro, nem cofres, nem sequer dentes de marfim. Kavita, que trazia sempre consigo uma pequena faca, cortou a palma da mão esquerda. Passou a faca a Jan, e este fez o mesmo. Então, deram as mãos, com força.

— Seremos amigos para sempre, Katema — disse Kavita. — Seremos irmãos. Nunca te esquecerei, e tu nunca me esquecerás.

Meses mais tarde, Jan partiria para Lisboa. Nos anos seguintes esqueceria aquele nome que Kavita lhe tinha dado, Katema, e depois, pouco a pouco, mergulhado na torrente das novas descobertas, acabaria esquecendo também o amigo de infância. Duas décadas mais tarde, ali estavam de novo, frente a frente. Kavita crescera, mas ainda tinha o mesmo sorriso alegre e desafiador.

— O que te trouxe à minha ombala? — perguntou o rei, dirigindo-se agora a António Cosme. — Sentiste saudades minhas?

Cosme sorriu:

— Tenho a certeza que da mesma forma que sabia que eu viria, bisavô, assim também sabe por que estou aqui...

Mutu-ya-Kevela endireitou-se, na sua cadeira real (otchalo). A Jan pareceu-lhe que o rei crescera, o rosto fechado, os olhos brilhantes de cólera:

— Os brancos são meus escravos. Eram soldados, e entraram no meu reino sem me pedir permissão...

— Nem todos eram soldados, bisavô. Silvestre Souto da Mata é um simples comerciante, e esse estava autorizado a comerciar nas suas terras, tal como eu.

O rei muxoxou, com desprezo. Comentou alguma coisa, em voz baixa, para um dos somas. Voltou-se depois novamente para António Cosme, com um sorriso irônico:

— Esse branco velho de que falas é um grande ladrão. Tentou roubar-me. Ficará na minha ombala, como escravo, o tempo todo que viver. Se fizer filhos com alguma mulher daqui, também eles serão meus escravos.

— A justiça está do seu lado, meu rei — disse António Cosme. — Não vim aqui implorar o perdão desses homens. Vim aqui para os comprar.

— Queres comprar os meus escravos?! — riu-se o rei. — Por isso trouxeste os bois?

O comerciante confirmou. Haviam trazido dez bois gordos e luzidios, além de bons panos, sal e um barril de aguardente pura. Silvestre era velho, doente e rabugento, como escravo não valia um boi, não valia nada, só traria problemas ao seu senhor. Quanto aos soldados, três portugueses recém-chegados da metrópole, também de pouco lhe serviriam. Não sabiam trabalhar a terra. Nem sequer falavam umbundo. Eram mais ignorantes do que crianças pequenas. Além disso, assim que viessem as chuvas, assim que chegasse o tempo das febres, depressa cairiam doentes. O mais certo seria morrerem nos próximos meses.

O rei escutou o discurso do comerciante com um sorriso aberto. Estava a divertir-se muito.

— Se os meus escravos brancos não valem nada, como tu presumes, Ombembua, se são assim tão fracos, tão inúteis, por que queres tu levá-los?

— Sou comerciante. Compro aqui, vendo acolá. Para ti, rei, estes homens não têm quase nenhuma serventia. Mas os soldados eu posso vendê-los em Luanda, às autoridades portuguesas. Pagarão bem por eles. Quanto ao senhor Silvestre, espero que os filhos dele me recompensem. Estarei fazendo um bom negócio.

— Por que não vieram esses filhos libertá-lo?

— Fugiram para Luanda. Têm medo dos vossos guerreiros, bisavô, têm muito medo do vosso enorme poder.

Mutu-ya-Kevela respondeu com uma gargalhada alegre, vitoriosa, que contaminou todo o seu séquito. Os somas começaram a discutir uns com os outros, em frases rápidas, quase musicais, como uma orquestra estilhaçada. Finalmente, o rei ergueu a mão:

— Esta noite vocês dormirão aqui mesmo, neste jango. São meus convidados. Mandarei que vos sirvam comida. Poderão partir amanhã de manhã, levando os soldados e o ladrão velho.

O rei retirou-se, seguido da sua corte. Minutos depois surgiram algumas mulheres trazendo comida — uns tortulhos enormes, conhecidos como kenda, que se comem assados na brasa — e moringues com água fresca.

— Creio ter reconhecido alguém — disse Jan a Luís Mambo. — Um velho amigo.

Não teve tempo de dizer mais nada. Kavita surgiu de repente, arrebatando-o num forte abraço.

— Katema! Venho pensando tanto em ti. O que te aconteceu?

Arrastou-o dali até uma casinha quadrada, de pau a pique, com cobertura de colmo. Entraram. Uma vela enorme, retangular, pousada numa mesa, a um canto, iluminava o ambiente. Tanto o piso quanto as paredes estavam forradas com esteiras, o que transmitia uma sensação de frescura e de limpeza. Contudo, o que atraiu a curiosidade do tenente foi uma estante, cheia de livros, que ia do chão até ao teto. Kavita riu-se, ao perceber o espanto do amigo:

— Trouxe-te aqui só mesmo para te mostrar os livros. Lembras-te quando procurávamos tesouros escondidos? Esta é a minha arca do tesouro. Estudei, amigo. Pouco depois de viajares, os missionários americanos ergueram uma missão, aqui muito perto, neste nosso reino...
— Ouvi falar...
— Foi ali que aprendi a ler e a escrever. Um dos missionários gostou de mim, e levou-me para a América, onde o ajudei a escrever um dicionário inglês-umbundo. Voltei há alguns anos. Vou contar-te tudo sobre a minha vida, mas primeiro quero ouvir-te a ti, quero saber o que aconteceu contigo...
— Não! Primeiro vais dizer-me o que fazes tu na corte do rei...
— Não percebeste?! Sou Henjengo, o Mestre dos Batuques.

16

Na manhã seguinte, muito cedo, os escravos brancos de Mutu-ya--Kevela entraram no jango, trajando, todos eles, o mesmo pano à cintura dos seus captores. Os soldados vinham envergonhados, cabisbaixos, evitando olhar os visitantes. Silvestre Souto da Mata, pelo contrário, erguia a magra cabeça, em desafio.

— O que faz o senhor aqui?! — gritou na direção de António Cosme.
— Veio negociar com estes bandidos?...

António Cosme encolheu os ombros:

— Vim comprar a sua liberdade, senhor Silvestre. Vou acompanhá-lo a casa.

— Já não tenho casa! — retorquiu o comerciante, aos gritos. — Os seus amigos queimaram-me a casa, queimaram as minhas lojas, destruíram tudo!

Jan irritou-se:

— Cale-se, homem! — gritou. — Tenha um pouco de vergonha, outro tanto de humildade e de gratidão...

— E você?! Quem é o senhor para me falar com esses modos?!

— Sou o outro dos seus credores. Quanto ao primeiro, o senhor Cosme, não me interessa o que combinaram, mas saiba vossa senhoria que a mim irá indenizar-me por todos os prejuízos e trabalhos que me causou. A sua libertação custou-me dois bois, e vossa senhoria há de dar-me cinco, gordos e saudáveis, caso contrário eu mesmo o devolvo ao rei, amarrado como um cabrito.

Horas depois, seguiam todos a caminho das propriedades de João Pinto. O Pasmado a pé, com os soldados, e os restantes homens a cavalo. Luís Mambo aproximou-se de Jan, que seguia isolado, uns cem metros à frente da bizarra caravana.

— Descobriu alguma coisa, lá, na ombala, conversando com o seu amigo? — perguntou o alferes.

Jan sacudiu a cabeça, perplexo:

— Quando cheguei à ombala era um homem cheio de certezas. Agora só me sobram dúvidas e inquietações.

— A mim, parece-me uma boa notícia, meu tenente — disse Luís Mambo, de rosto severo. — Só quem duvida pode encontrar a verdade.

— A verdade, meu bom Luís? Pois você acha que eu ando neste mundo à procura da verdade?

— Não anda?

— Não. Nem sequer sei o que é a verdade. Eu ando, isso sim, à procura da justiça.

SEGUNDO CAPÍTULO

1

Era uma tarde muito branda e branca, calada como um postal. Apenas um marimbondo solitário, zunindo entre as flores das acácias, trazia algum movimento à cena. Na varanda do sobrado da família Van-Dunem, estendida numa preguiçosa rede, Lucrécia lia um livro: *Les Fleurs du Mal*, de Baudelaire.

Nga Xixiquinha atravessou o estrado de mansinho. Deteve-se a uns dois metros da rede. Apontou com o queixo para as acácias, sobre as quais rodopiava ainda o atordoado marimbondo. Muxoxou com desprezo:

— Marimbondos! — disse em quimbundo. — Marimbondos foram os brancos quem inventou.

Lucrécia pousou Baudelaire no regaço, enquanto erguia os olhos trocistas para a velha dama de companhia:

— Vieste aqui só para me dizer isso, avó?!

— Não, filha. Chegou uma visita...

Lucrécia saltou da rede. Calçou uns sapatinhos de veludo, de um vermelho vivo, que contrastavam alegremente com o brilho negro da sua pele e com o branco, muito branco, do leve vestido que escolhera nessa manhã, sabendo que não iria sair, e julgando que não receberia ninguém.

— Uma visita?! Quem é?...

— O tenente Jan...

— Vá buscar o homem, avó, pelo amor de Deus, não o deixe especado na porta, como um espantalho. E prepare um chá, dos bons, dos ingleses, desses que trouxemos de Lisboa... Ah! E biscoitos, traga aqueles biscoitos com que a avó, quando era jovem, seduzia os soldadinhos.

Jan encontrou-a arrumando o cabelo. Sorriram ambos, procurando as palavras certas. Finalmente, o tenente estendeu-lhe uma pequena caixa, embrulhada num papel de seda, da mesma cor dos sapatos de Lucrécia.

— O que é? — perguntou Lucrécia, esforçando-se por controlar o nervosismo. — Fico tão feliz por o ver de volta.

Desembrulhou o presente sobre a mesa, tendo o cuidado de não rasgar o papel. Deu com uma caixinha de pau preto, e abriu-a — lá dentro brilhavam três penas multicolores.

— São uma lembrança do planalto — explicou Jan. — Encontrei essas penas presas a um arbusto, no caminho para Benguela, e lembrei-me de si...

— São bonitas, muito obrigada. Mas por que se lembrou de mim?

O tenente corou:

— A luz — murmurou. — Todas as formas de luz...

Lucrécia sentou-se, enquanto sacudia um leque. Indicou uma cadeira a Jan, que permanecia de pé diante dela, suando, muito vermelho.

— O calor — disse Jan. — Devia tê-la prevenido da minha visita...

Lucrécia inclinou-se na direção dele, o leque cobrindo parte do rosto:

— O que estava dizendo sobre a luz?

— Todas as formas de luz me fascinam...

Lucrécia sorriu, afastando o leque:

— E por isso se lembrou de mim?

— Por isso me lembrei de si.

2

No seu quarto, no Grande Hotel Imperial, Jan pensava em Lucrécia. Mandara encher a banheira. Despira-se e deixara-se afundar naquela água sombria, fresca, que ainda há dois dias devia estar correndo livre entre as margens de um rio — o Bengo, a quatro léguas dali. Lembrou-se de uma frase cáustica do grande Richard Burton: "O Bengo, assombrado por mosquitos, limpo na estação seca e lamacento durante as chuvas, que fornece a Luanda água e diarreias".

(Sim, queridos leitores improváveis, Richard Burton escreveu sobre Luanda, em Two Trips to Gorilla Land and the Cataracts of the Congo *(1876). Vale a pena, aliás, ler a descrição que Burton faz da cidade: "O local é agradável e pitoresco, contrastando agradavelmente com todos os nossos assentamentos ingleses e com os franceses. Pela primeira vez depois de deixar Tenerife vi algo semelhante a uma cidade. (...) Ao longo de trezentos anos de domínio, os portugueses ergueram fortes e fortalezas, edifícios públicos e grandes casas particulares, brancas e amarelas, com largas varandas verdes. O declínio geral do comércio, a partir de 1825, e, em especial, a perda da lucrativa exportação de escravos esvaziaram muitos edifícios, agora em ruínas. A impressão é que parte da cidade sofreu um bombardeamento".)*

Fechando os olhos, era fácil imaginar-se a fluir com o Bengo, ao longo da selva, vendo os macacos aos saltos nas ramadas, e, acima deles, os alegres bandos de patos bravos. Através da janela aberta entrava uma brisa verde, o piar dos pássaros nas gaiolas, esparsos raios de sol, que, caindo sobre as suas pálpebras, se desdobravam em rápidas figuras cintilantes.

— Que estúpido, Jan! — murmurou. — Que ridícula figura fizeste tu! Todas as formas de luz?!

Contudo, era assim mesmo. Viajando para Benguela, e de Benguela para o Bailundo — e depois do Bailundo para Benguela e de Benguela para Luanda —, não deixara nunca de pensar em Lucrécia. O sorriso da jovem luandense surgia-lhe de repente, sempre que algum brilho se acendia, ora numa asa branca atravessando o céu, ora na curva de um rio, ora de noite, numa lua metálica, emergindo por detrás de sólidas nuvens de tempestade.

Até Luís Mambo, um conhecimento recente, mas ao qual o ligava já o princípio de uma bela amizade, estranhara a mudança que vinha ocorrendo nele.

— Vossa excelência, meu tenente, volta e meia alheia-se deste mundo. Vejo-o a sorrir sozinho, e parece-me a mim que onde quer que se encontre está muito bem acompanhado. Posso saber quem o faz sorrir assim?

Alguém batia à porta. Jan abriu os olhos, atordoado. Sim, alguém batia à porta.

— Quem é?

— É para entregar uma carta...

Jan reconheceu a voz de Marcelino, um criado velho, que lhe contara ter sido escravo no Brasil, durante quinze anos. Comprara a duras penas a própria liberdade, retornando a Angola como marinheiro, na intenção de, a partir dali, se embrenhar no mato até alcançar finalmente a sua terra natal, algures nas úmidas florestas do norte. Contudo, acabara amancebando-se com uma menina mulata, de quem tivera oito filhos, e nunca abandonara a capital.

— Pode entrar!

Marcelino entrou, trazendo numa bandeja um envelope e uma tesoura. Postou-se ao lado da banheira, hirto, no seu uniforme azul, muito gasto e amarfanhado. Jan limpou as mãos numa toalha, retirou o envelope da bandeja e abriu-o com a tesoura.

— Muito obrigado, Marcelino. Podes ir.

Era uma carta de Lucrécia: "Escrevo-lhe estas breves linhas, de uma humilde colecionadora de brilhos e fulgores, para outro, com certeza muito mais experiente, na esperança de que aceite acompanhar-me amanhã ao final da tarde numa caça às borboletas. 'Borboletas?' — estranhará você. Borboletas, digo eu, são também manifestações de luz. Diga-me que aceita, e fará feliz uma entomologista diletante".

O tenente riu-se, numa gargalhada leve e luminosa. Pousou a carta numa cadeira, ao lado da banheira, e levantou-se. Durante anos, primeiro em criança, no Bailundo, e depois já adulto, em Lisboa, escutara comerciantes e militares portugueses queixando-se da insalubridade de Luanda. Desembarcavam em África, às costas de um marinheiro, e mal este os pousava na areia suja já sentiam um frêmito, uma vaga indisposição, uma fraqueza nas pernas, e era certo e sabido que na manhã seguinte acordariam em algum catre imundo, suando, ardendo em febre. Com ele, desde que chegara, vinha acontecendo o contrário: parecia estar despertando. Ganhava força. Achava o mundo mais colorido, mais intenso, mais feroz. Uma alegria íntima ia crescendo dentro dele, a cada dia, como um rio que engrossasse, descendo um vale, no decurso de uma gloriosa tempestade.

Sentou-se à secretária e respondeu à carta de Lucrécia, dizendo-lhe que sim, que ficaria feliz por poder acompanhá-la numa caça aos lepidópteros, embora desde criança sentisse um intenso horror por todos os insetos — incluindo pelas mais belas mariposas. Porém, por ela, e com ela, estava disposto a caçar dragões.

Vestiu-se, colocou na cabeça um leve chapéu de palha e desceu ao salão de entrada. Entregou a carta a Marcelino, acompanhada por uma gratificação generosa, e pela indicação de que a depositasse nas mãos de Dona Lucrécia Van-Dunem, e em mais nenhumas outras. Galgou depois, em passadas rápidas e elásticas, a Calçada do Desengano, até a pequena casa onde viviam Luís Gomes Mambo e a sua bela esposa.

3

Aqueles charutos eram angolanos, assegurou Luís Mambo, enquanto preparava o seu. Um amigo produzia-os no Golungo Alto, e depois exportava-os para Lisboa, e até para Paris, embora em pequenas quantidades.

— São horríveis! — comentou Jan, após três baforadas. — Não me surpreende que o seu amigo não consiga exportar grandes quantidades.

Luís riu-se. Estavam na estreita varanda, sentados em dois confortáveis cadeirões, vendo o sol mergulhar no mar.

— Servem para afastar os mosquitos...

— Não duvido — disse Jan. — E os que não conseguem fugir a tempo morrem de náuseas.

Momentos antes haviam prestado homenagem a uma saborosa garoupa, deglutindo-a, com a ajuda de um excepcional vinho tinto, que Jan trouxera de Portugal. O enorme peixe fora pescado pelo próprio alferes, e cozinhado com muito amor e talento pela esposa deste, Dona Paciência. Agora estavam ali, na varanda, cobertos pela poeira dourada do crepúsculo, digerindo a garoupa e filosofando, sem pressa e sem rumo, até ao momento em que o alferes ganhou coragem e fez a pergunta que guardava desde o Bailundo.

— Não me vai contar o que lhe disse o seu amigo, o Mestre dos Batuques?

Jan suspirou:

— Teremos guerra...

— Perdoe, tenente, mas isso já toda a gente sabe. Até sabemos como terminará essa guerra...

— Como acha que terminará?

— Rapidamente, com um banho de sangue. O sangue dos gentios, claro, não o nosso. Mutu-ya-Kevela será preso e deportado para Cabo Verde, para a Guiné ou para Moçambique e nunca mais ninguém ouvirá falar dele. A menos que...

— A menos quê?!...

— A menos que aquilo que aconteceu ao pelotão do sargento Pedro Amado, o que quer que tenha sido, se repita. A menos que não tenha sido um acidente isolado...

— Não foi um acidente isolado...

— Não foi?!

— Não. Houve outros.

— Acha que haverá mais?!

— Se não conseguirmos descobrir que tipo de armamento foi utilizado ali, e como o combater e destruir, sem dúvida, haverá mais.

— Que tipo de armamento, tenente?! Algum veneno, sem dúvida...

— Um veneno capaz de levar soldados experientes ao suicídio?

— Um veneno capaz de provocar uma dor intolerável. Ou, quem sabe, alucinações?! Conheço várias ervas capazes de provocar alucinações poderosas...

Jan ficou em silêncio, pesando o argumento do alferes.

— Alucinações?! Sim, talvez, quem sabe?

4

Kavita nunca esqueceu aquele dia infeliz, quando, tendo entrado na loja do velho João Pinto, na companhia da mãe, soube da partida do amigo.

— O teu amigo Jan foi embora — informou o comerciante, em umbundo, feliz por testemunhar a infelicidade de Kavita. — Mandei-o para Portugal, estudar. Aquele miúdo estava a transformar-se num grande malandro, e num malandro que nem sequer respeitava os mais-velhos, não respeitava ninguém. Nem sei com quem terá aprendido a comportar-se assim.

No ano seguinte, cinco missionários americanos solicitaram ao rei do Bailundo, o forte e sábio Ekuikui II, que os deixasse construir nas suas terras uma igreja e uma escola, na qual ensinariam as crianças a ler e a escrever, em inglês e em umbundo. Ali, os meninos do planalto aprenderiam também artes importantes, ligadas ao comércio e à agricultura. Ekuikui II não só se mostrou de acordo, como colocou à disposição dos americanos uma vintena dos seus escravos, para que os ajudassem a erguer os edifícios necessários.

Foi naquela missão que Kavita aprendeu a ler e a escrever, distinguindo-se logo, de entre os restantes colegas, na sua maioria filhos do soma-inene (soba-grande, rei) e dos seus principais ministros e conselheiros, pela elegância com que dominava a língua inglesa. Um dos missionários, John McMahon, homem sólido e austero, com um imenso bigode, ao estilo de Friedrich Nietzsche, interessou-se por ele. McMahon, viúvo, sem filhos, decidira empregar todo o seu tempo livre na escrita de um dicionário de inglês-umbundo. Kavita começou a trabalhar com ele, e, nesse processo, recolhendo palavras em desuso da boca das avós, estudando-as, analisando-as, apurou não só o umbundo, como também o inglês. Quando o rapaz cresceu, teria dezessete ou dezoito anos, McMahon foi falar com o tio dele, o tio materno, Henjengo, o Mestre dos Batuques.

— Quero escrever e publicar um livro sobre a língua do Bailundo. Para isso preciso passar algum tempo na minha terra. Preciso também da ajuda do seu sobrinho, Kavita. Gostaria de obter a sua autorização para que ele viaje comigo.

Henjengo encarou-o com desconfiança:

— Como sei que, chegados à tua terra, não irás vender o meu sobrinho como escravo?

McMahon preparara-se para enfrentar inúmeras objeções, mas não aquela. Olhou para Henjengo, num silêncio aterrorizado. Não lhe ocorria o que dizer. Então, o Mestre dos Batuques atirou uma esplêndida gargalhada.

— Podes levá-lo, caracolzinho. É bom que ele aprenda a língua e os costumes da vossa nação. Mas tens de o trazer antes que eu morra...

(Ekuikui II recebeu muito bem os missionários americanos. Contudo, a relação entre o rei e os missionários nem sempre foi isenta de equívocos culturais. Conta-se que, em certa ocasião, um dos missionários, Herbert Miller, pôs-se de pé, enquanto contava uma história ao rei — contrariando todas as regras e enfurecendo o monarca. Miller foi espancado, mas não reagiu. Então, Ekuikui II perdoou a afronta, dizendo: "Perdoo-te porque vós sois mansos como caracoizinhos". A partir dessa altura os missionários americanos passaram a ser designados como caracoizinhos — ou como mansos.)

— Obrigado, Henjengo — retorquiu McMahon. — Não morrerás tão cedo.

— Estou no último troço da minha caminhada — disse Henjengo, que durante alguns anos capitaneara quibucas, transportando escravos e marfim, do Bailundo até Benguela. — Se a minha vida fosse uma viagem daqui até ao mar, eu estaria agora por alturas de Catengue.

McMahon levou a observação a sério. Calculou a idade de Henjengo, e compreendeu que não poderiam demorar-se mais do que cinco anos. Pareceu-lhe tempo suficiente. O missionário e o seu discípulo embarcaram num grande navio, que saiu de Luanda com destino a Londres, parando em muitos portos ao longo do caminho. Permaneceram dois meses no Reino Unido. Ao contrário do que o missionário antecipara, o jovem ovimbundo não demonstrou particular surpresa diante da enorme e incansável cidade, e dos prodígios das novas tecnologias, como o telégrafo, a fotografia ou o automóvel. Em contrapartida, as bibliotecas deixavam-no sempre num estado de genuíno espanto e excitação. Passava horas nas livrarias, acariciando as capas dos livros, para depois sair sem ter comprado nenhum. Passava ainda mais horas nas bibliotecas públicas, devorando relatos de viagens e ensaios históricos.

(Não, não estou a inventar. Sei tudo disto porque comprei num alfarrabista, na Cidade do Cabo, um conjunto de cartas que McMahon escreveu a outro missionário, o já mencionado Herbert Miller, durante o tempo que passou com Kavita na Grã-Bretanha e nos EUA.)

A viagem de Londres até Nova Iorque, num enorme navio, também não impressionou o moço bailundo, o qual aproveitou para digerir, de uma assentada, toda a Odisseia — esforçando-se, depois, por a reinventar em umbundo.

McMahon herdara do pai, um homem quase analfabeto, que enriquecera fabricando e vendendo cerveja, uma casa ampla e burguesa, em Brooklyn, escondida entre um pequeno bosque. Foi ali que os dois homens se instalaram, no inverno de 1892, na companhia de duas criadas muito velhas, uma das quais havia sido ama de John, para dar início à escrita do dicionário.

5

Os multívagos, os namorados e os ociosos que, naquele feriado de 15 de agosto, se deslocaram ao final da tarde até ao passeio público da Ponta da Mãe Isabel talvez se tenham surpreendido um pouco ao verem uma jovem mulher negra de braço dado a um homem alto, muito louro, ambos trazendo nas mãos livres uma vara fina e comprida, equipada com uma pequena rede. Atrás de ambos seguiam dois moleques carregando lancheiras.

Tiveram sorte — os nossos intrépidos caçadores de lepidópteros. Pouco antes que o sol se escondesse no mar, uma formidável algazarra de cigarras rasgou a paz, ao mesmo tempo que uma nuvem de borboletas coloridas irrompia de algum lugar secreto. Lucrécia largou a correr atrás delas, em alegres gargalhadas, logo seguida por Jan.

Já de noite, no salão bem iluminado do sobrado da família Van--Dunem, Lucrécia mostrou ao aterrorizado tenente uma enorme, uma gigantesca, borboleta cor de laranja:

— É a maior de África, talvez a maior do mundo...

Ensinou-o a anestesiar o colossal inseto, recorrendo a algumas gotas de éter. Finalmente, prendeu-o com um elegante alfinete, numa placa de cortiça. Vicente Van-Dunem surpreendeu-os em pleno crime. Vinha da rua, amparado à sua costumeira bengala, de chapéu alto e monóculo. Pousou o chapéu e o monóculo sobre uma mesinha baixa; depois, coxeando, aproximou-se do visitante, enquanto lhe estendia a mão:

— Vejo que a minha filha já o cooptou para o seu perverso passatempo. Tenha cuidado, tenente, não vá terminar os seus dias atravessado por um alfinete, junto com as borboletas, no gabinete de curiosidades da Lucrécia...

Disse aquelas coisas terríveis numa voz forte e firme, e depois sorriu — um sorriso largo e benévolo, sem sombra de malícia —, de tal forma que Jan não compreendeu se o comerciante troçava dele ou o ameaçava. Lucrécia veio em socorro do tenente:

— O senhor meu pai gosta de assustar as visitas...

— Não era necessário — disse Jan. — Eu já estava suficientemente aterrorizado com as borboletas.

— Jan tem medo de borboletas...

— Na verdade, de todos os insetos — confirmou o tenente. — Em todos os meus pesadelos entram insetos...

Vicente sentou-se, suspirando, num velho cadeirão de couro. Estendeu a perna ferida, com um pequeno queixume. Aos sessenta e tantos anos, era ainda um homem bonito, com um rosto magro, sem rugas, que uma barbicha grisalha prolongava. Tinha o hábito de fixar os olhos brilhantes nos do seu interlocutor, com uma atenção que a alguns parecia sedutora, e a outros confundia e assustava. Os seus amigos elogiavam-lhe a cortesia e a generosidade. Os seus inimigos — e não eram poucos — achavam-no arrogante e insolente.

— Costuma sofrer de pesadelos? — perguntou Vicente.

Jan, que já se arrependera de ter mencionado o seu horror a insetos, anuiu com relutância. Sim, começara a padecer de pesadelos depois que o pai o enviara para Lisboa. Sonhava com um episódio que, a bem dizer, já nem sequer sabia se realmente ocorrera ou se era puro produto da sua imaginação.

— E que episódio foi esse?

Lucrécia interveio:

— Pai, por favor, não atormente o nosso convidado...

Vicente Van-Dunem sorriu:

— Estou a incomodá-lo, tenente?

— Não, não, senhor. Como lhe dizia, já nem sei se aquilo aconteceu. Tenho essa memória, meio estropiada, de uma zanga com o meu pai. O meu pai era um homem feroz. Vendo-o agora, tão velho, tão debilitado, custa até a crer, mas, sim, há vinte anos ele era uma outra pessoa. Bebia, e, quando bebia, transformava-se. Tudo o irritava. Eu tinha um amigo da minha idade, Kavita, que vivia na ombala do rei. Certa tarde, o meu pai encontrou-me a brincar com Kavita, e irritou-se — já estava bêbado —, porque nos tínhamos enfeitado com uns panos que ele comerciava. Açoitou-nos aos dois com um cavalo-marinho. Depois, atirou-me nu para um buraco, atrás de uma das suas lojas, e ali passei toda uma noite, tremendo de medo, com o corpo coberto de insetos: louva-a-deus, aranhas, formigas, baratas, mosquitos e moscas. Foi o meu irmão mais velho quem me arrancou dali, de madrugada, e me lavou e me vestiu...

(Durante séculos os portugueses deram aos hipopótamos o nome de cavalos-marinhos. Fabricavam-se com o grosso couro deste animal uns chicotes terríveis, que os colonos portugueses tanto usavam para espevitar os bois-cavalos, nas suas viagens, como para afastar feras ou castigar escravos e serviçais. A confusão entre estes cavalos-marinhos, que, afinal, são hipopótamos, e os vulgares cavalos-marinhos tem originado traduções divertidíssimas.)

— Que horror! — assustou-se Lucrécia, com os olhos cheios de lágrimas. — Como podem os homens ser tão cruéis?

— Gostamos de pensar que a crueldade é um atributo dos animais, e que desde que saímos das cavernas nos vimos afastando deles, mas tal não é verdade — disse Vicente. — Somos mais cruéis do que as bestas selvagens, porque escolhemos sê-lo. É a maldade, a maldade pura, sem motivo, que nos distingue das feras. Sabemos que somos humanos porque não somos bons.

6

Jan lembrou-se da sentença de Vicente Van-Dunem enquanto entrava, pela segunda vez, na Fortaleza de São Miguel. O alferes Luís Mambo fora buscá-lo ao hotel, agitando na mão um telegrama do Ministro da Guerra. O tenente esperava o telegrama. Era uma resposta ao que enviara para Lisboa no dia anterior, dando conta, em poucas linhas, do resultado da sua investigação:

Mutu-ya-Kevela estava a preparar-se para a guerra.

O rei do Bailundo contava com o apoio de outros sobas da região, em particular com o de Samacaca, do Huambo, um brilhante estrategista, capaz de mobilizar muitos milhares de homens, tanto mais que todos o acham capaz das mais extraordinárias proezas mágicas.

A morte misteriosa dos soldados brancos fora, com toda a probabilidade, obra dos guerreiros bailundos.

Não conseguira descobrir de que forma os guerreiros de Mutu-ya--Kevela haviam conseguido matar os portugueses. Assim, requeria permissão para regressar ao Bailundo. Pretendia introduzir-se na ombala real, servindo-se das boas relações que mantinha com alguns conselheiros do rei, não só para deslindar o mistério, mas, sobretudo, para tentar negociar uma paz duradoura. Rogava ao Ministro da Guerra que lhe desse o prazo de um mês.

O Ministro da Guerra respondera, ordenando-lhe que no dia seguinte se reunisse com o major Frutuoso Manso, na Fortaleza de São Miguel. Deveria informar o oficial de tudo o que vira e ouvira na sua viagem, colocando-se depois às ordens dele.

O pátio fervia de atividade. Dezenas de homens, uns fardados, outros descalços e quase nus, moviam-se de um lado para o outro, numa desordenada sinfonia. Transportavam caixas, barricas e armamento, aparelhavam carros bôeres, cuidavam de cavalos, de mulas e de bois. Indiferente ao fragoroso bulício, uma companhia de soldados europeus praticava exercícios militares.

— Isto vai acabar num imenso desastre — comentou Jan, voltando-se para o alferes. — Como me disse ontem o velho Vicente, os homens são piores do que as feras, porque, podendo ser bons, escolhem ser maus.

O major Frutuoso Manso estava sentado à secretária, sorvendo uma grossa sopa de legumes, enquanto estudava um mapa. Indicou uma cadeira a Jan. Luís Mambo permaneceu de pé, junto à porta.

— O senhor alferes, por favor, saia — ordenou o major. — Preciso falar a sós com o tenente Jan Pinto.

Terminou de comer a sopa, limpou o farfalhudo bigode a um guardanapo, e só depois voltou para o oficial o rosto áspero, os olhos pequenos e astutos:

— Já sei que falhou na missão de que estava incumbido...

Jan empalideceu:

— Alguma coisa conseguimos, meu major...

— Alguma coisa?! Diga-me lá alguma coisa que eu desconheça, tenente... Por exemplo, de que planta extraem os nativos um veneno tão potente, capaz de desorientar e matar duas dezenas de homens?

— Isso não conseguimos descobrir.

— Pois claro, isso não conseguiram descobrir. Mas foi para isso que os mandamos para lá, ao senhor e àquele alferes que se acha artista fotógrafo!

— Creio que o mais importante é impedir a guerra, senhor. E tenho fé em que ainda o consigamos fazer...

— Impedir a guerra?! E o que ganharíamos nós em impedir a guerra, homem de Deus?! Diga-me uma coisa, tenente, o que acha que uma fábrica de armas produz?

— Armas, senhor...

— E uma fábrica de botões?

— Botões, senhor...

— E o que acha que produz, ou deveria produzir, um Ministério da Guerra?! Por acaso estamos sob o comando do Ministro da Paz?! Aliás, existe algum Ministério da Paz?

— Não, senhor, não existe...

— Pois é claro que não! Se vossa excelência queria ocupar-se de paz, devia ter ido para um seminário! Deixe a paz para os padres, para as mulheres e os deputados nas cortes...

Dizendo isto, Frutuoso Manso saltou da cadeira e pôs-se a cirandar pelo gabinete, em vigorosas passadas. Jan ergueu-se também, hesitante, sem saber onde colocar as mãos. Por fim, o major deteve-se junto à secretária e, atirando uma patada formidável contra o mapa, no centro do qual se destacava a vermelho a palavra Bailundo, berrou a plenos pulmões:

— Vamos para a guerra! Vou eu, vai o senhor, vamos todos nós!

7

Sentado à secretária, no seu quarto, Jan esforçava-se por escrever uma carta a Lucrécia, explicando-lhe que dentro de três dias partiria para a guerra. Não acertava com as palavras. Aquilo que lhe queria escrever não era o que estava escrevendo. Deteve-se, um pouco irritado, ao ouvir uma batida na porta, pensando que fosse de novo Marcelino, o qual ainda há instantes o interrompera, para lhe entregar uma mensagem de Luís Mambo. O alferes, preocupado com o amigo, convidava-o para almoçar no dia seguinte.

— Pode entrar — disse Jan, sem se voltar (estava de costas para a entrada).

A porta abriu-se. Entrou uma brisa fresca. Entrou um fresco perfume de lavanda. Jan voltou o rosto. Junto à porta, sorrindo para ele, estava Lucrécia. O tenente levantou-se, tão de repente, tão atarantado, que derrubou a cadeira.

— Calma! — riu-se Lucrécia, erguendo as mãos. — Não tenho armas comigo, nem revólveres nem punhais. Vim em paz!

— Desculpe — disse Jan, muito vermelho, reerguendo o móvel. — Sou um desastrado.

A mulher deu três passos na direção dele e abraçou-o. Jan segurou-a pela cintura, sentindo-a estremecer. Ela sussurrou-lhe ao ouvido:

— Por favor, não me pergunte o que faço aqui...

Jan beijou-a. Sorriu:

— O que faz aqui?!

Lucrécia segurou-lhe a nuca com ambas as mãos e retribuiu o beijo, ainda com mais calor, com mais paixão, surpreendida com a sua própria ousadia, enquanto pensava na irmã, Irene, que a acompanhara até ao hotel, cada uma na sua maxila coberta, mais para se protegerem dos olhares indiscretos do que da violência do sol.

— Não subas! — rogara-lhe Irene, já no saguão. — Estás a cometer um erro terrível!

Jan pensava que enquanto estivesse abraçado a Lucrécia conseguiria suster a respiração do tempo. Pensava no que lhe dissera Kavita na ombala real. Pensava numa mulher que beijara, há muitos anos, em Lisboa, e que lhe dissera enquanto se moviam os dois, um contra o outro, numa cama fria, tu, tu vais morrer sozinho. Pensava no cigarro que fumara, horas antes, debruçado sobre o sorriso trocista dos crocodilos, no tanque, lá embaixo, angustiado pela certeza de que nunca mais voltaria a ver Lucrécia.

Os dedos de Jan tropeçam agora nos colchetes do vestido de Lucrécia. Desculpa, desculpa, não sei fazer isto. E ela, ainda mais aflita, ouvindo o eco das palavras de Irene, "estás a cometer um erro terrível" — quão terrível poderia ser? —, espera, eu ajudo-te, e já o trata por tu, está Irene chorando na maxila, a caminho do sobrado da família, porque sonhou com Lucrécia e com Jan, e no seu sonho ouve os batuques, batuques, batuques, e chove sangue de um céu noturno.

Um instante, o tempo arfando, e depois os duros seios de Lucrécia nas mãos ansiosas de Jan. És tão bonita. As unhas de Lucrécia arranham as costas do homem, a cama range, e os batuques, batuques, batuques batucam no sonho de Irene.

Outro instante, o tempo aos soluços, os pássaros gritam, agitam-se num intenso desespero, enquanto uma cobra verde se insinua na gaiola.

8

Jan recebera um cavalo. Juntamente com o cavalo viera também o seu tratador, um moço da Madeira, alto e desengonçado, chamado Damasceno, que com certeza percebia muito de gado equino, mas, chegado havia pouco da metrópole, nada conhecia nem do clima, nem das maleitas locais.

— Angola não é um bom país para os cavalos — explicara Luís Gomes Mambo a Damasceno, num tom sombrio. — Procure evitar que os mosquitos se aproximem do animal. Em qualquer caso, duvido que ele resista até Benguela.

O rapaz olhara para o alferes, aterrorizado:

— E como faço para evitar os mosquitos?

Luís Mambo passara-lhe para as mãos aflitas um saco grande, cheio de umas folhas rendadas e cheirosas, recomendando que as fervesse, e com esse líquido esfregasse o animal, sempre que a coluna se detivesse para passar a noite.

Jan comandava quatro companhias indígenas. O alferes Luís Gomes Mambo ficara com o dificílimo encargo de chefiar os mil carregadores, contratados em Luanda, e nas cercanias da cidade, para o transporte de material bélico — incluindo quatro canhões de montanha —, alimentos, tendas e medicamentos. Estava também responsável pelos bois (cerca de oitenta) e pelas muitas mulas de carga.

A coluna contava com perto de trezentos tropas indígenas e de uma centena e meia de soldados brancos, dos quais apenas sessenta tinham recebido instrução militar.

O major Frutuoso Manso marchava à testa da coluna, protegido pelo esquadrão dos Dragões de Luanda. Logo depois seguiam as companhias europeias, e, atrás, bastante atrás, as companhias indígenas e os carregadores. Os empacaceiros do capitão José António Gonçalves iam e vinham, avançando muito adiante da coluna e recuando depois, com informações sobre o percurso que faltava vencer.

Na terceira noite, o major chamou Jan à sua tenda. Estava furioso:

— Julga que não sei o que passa?! — gritou-lhe. — O senhor tenente estraga-me os pretos! Por quê?! Porque não os trata como pretos! Fala com eles como se fossem brancos. Aliás, até com melhores modos, porque eu não falo com os meus soldados brancos como o senhor fala com os seus soldados pretos. Vossa excelência fala com os pretos como eu falaria com senhoras brancas, isto se eu falasse com senhoras, o que não sucede, porque, desgraçadamente, nem sequer conheço senhoras! Um tal disparate não pode continuar, entendeu?! Não pode ser!

Jan contou o sucedido a Luís Mambo. O alferes escutou-o com um sorriso mais divertido do que revoltado:

— Se não fôssemos nós, os pretos, esta coluna nem sequer teria saído de Luanda. Consegues imaginar os brancos a carregar aqueles quatro canhões por estes sertões adentro?

Riram-se ambos, com gosto. Desde que a coluna partira haviam começado a tratar-se por tu, sempre que estavam sozinhos, embora na presença dos soldados e oficiais mantivessem o tom formal.

— Eles mal conseguem carregar a própria arrogância — disse o tenente. — Não conhecem nada das nações africanas, e nem querem conhecer.

A entrada da coluna em Benguela trouxe muita gente para as ruas. Alguns populares aplaudiam a passagem das tropas. Outros assistiam ao desfile com um misto de troça e de desprezo. Um velho, no meio da turba, chamou a atenção de Jan. Vestia um casaco muito sujo, muito gasto, e um pano amarelo amarrado à cintura, e fixava em tudo uns olhos atentos e precisos. O tenente saltou do cavalo e correu na direção dele. Ao vê-lo aproximar-se, o velho dirigiu-lhe um sorriso manso, delicado, e então, sem se apressar, submergiu na multidão, com a elegância de um peixe mergulhando na água — e desapareceu.

— O que foi?! — quis saber Luís Mambo, que fora atrás de Jan.

— Conheço aquele velho. Viu-o na ombala do Bailundo. É um dos somas do rei...

— Aqui?!

— Tenho a certeza!

— Não me surpreende. O Mutu-ya-Kevela deve ter dezenas de espiões a vigiar-nos. Inclusive entre os carregadores.

Nessa noite, o major Frutuoso Manso reuniu todos os oficiais no salão de uma barbearia. Sentou-se num cadeirão alto e almofadado, que devia ser destinado aos burgueses da pequena cidade, sempre que iam aparar a guedelha. Os restantes oficiais ocuparam as cadeiras vazias, diante dele. O major estava mais cinzento do que o costume, com olheiras negras e fundas, e o farto bigode tombado sobre o queixo, como uma fera moribunda. Só a voz era a mesma, sólida, firme e determinada:

— Acabo de receber notícias sobre a Coluna do Sul, comandada pelo governador desta cidade, o major Joaquim Teixeira Moutinho. Terríveis notícias. A coluna foi atacada em Nganda-La-Caué, durante a noite. O major está morto...

— Está morto?! — espantou-se o capitão José António Gonçalves. — Foi morto como?

— Suicidou-se... Acreditamos que se tenha suicidado...

— O major Moutinho?! — José António Gonçalves esfregou os olhos, como se tentasse despertar de um pesadelo. — Não, isso é impossível. Conheço muito bem o major. Ele nunca faria isso...

— E os restantes oficiais? — perguntou Jan.

— Todos mortos. Não me pergunte como morreram. O senhor sabe muito bem como...

— Os Dragões da Humpata não se tinham juntado à coluna? — quis saber Luís Gomes Mambo, com voz insegura. — Também foram mortos?

— Alguns escaparam. Não sabemos onde estão...

— Eram quatrocentos homens, certo?! — O capitão José António Gonçalves não conseguia esconder o espanto e o pavor. — Quase tantos quantos aqueles que constituem esta nossa coluna. Não podem ter morrido todos...

— Não, não morreram todos — reconheceu o major. — Uma boa parte desapareceu. Julgamos que terão desertado antes mesmo do ataque. Outros foram capturados pelo gentio. Não sabemos onde estão.

Fez-se um silêncio mais escuro e mais espesso do que a noite lá fora. Jan era capaz de ler os pensamentos que se atropelavam na cabeça dos restantes oficiais. Ganda seria recordada como a pior derrota sofrida por tropas portuguesas em terras de África, desde Alcácer Quibir.

9

A notícia do desastre da Ganda deflagrou em Luanda com violento fragor. Nessa tarde, Vicente Van-Dunem juntou três bons amigos na sua casa: Francisco das Necessidades Castelbranco, funcionário da Alfândega e jornalista, e os comerciantes Eusébio Velasco Galiano e Apolinário Van-Dunem, todos eles conhecidos na cidade pelo vigor com que vinham defendendo os direitos dos filhos do país, cada dia mais humilhados e espezinhados pelos funcionários públicos, militares e comerciantes vindos da metrópole.

("Filhos do país" era uma expressão muito utilizada nos finais do século XIX, inícios do século XX pela pequena burguesia de Luanda e de Benguela, que assim procurava distinguir-se dos chamados "portugueses da metrópole", numa época em que o governo de Lisboa tendia a favorecer estes últimos nas estruturas do Estado. Contudo, essa mesma burguesia dividia-se na solidariedade com as nações do interior.)

Lucrécia, que fora almoçar a casa de Mariana Rogozinski, na Ponta da Mãe Isabel, encontrou-os submersos numa nuvem de fumo. Fumavam com regozijo, cada qual com um cachimbo na mão, trocando opiniões sobre os recentes acontecimentos no planalto central. Lucrécia não percebeu logo de que falavam, atordoada com o fumo:

— Meus senhores, posso saber o que estão fumando? Não me parece tabaco...

Vicente riu-se com vontade:
— Somos o que resta da famosa Sociedade da Amizade, os Bana Liamba.

(Vicente Van-Dunem referia-se a uma antiga lenda, mencionada por Henrique Dias de Carvalho, em "O Lubuco", ensaio que a Imprensa Nacional publicou em 1880. Vale a pena citar o parágrafo em que Henrique de Carvalho faz menção a esta sociedade: "Quando Quichimbo chegou ao seu sítio convidou todos os parentes e os homens mais velhos das povoações vizinhas a virem ver as riquezas que ele trouxera do Quilunga e ouvi-lo sobre os conselhos que ele tinha a dar-lhes para a sua felicidade. Recomendou a todos que quisessem ser felizes que fumassem liamba, e que só reconheceria daí em diante como seus amigos os fumadores de liamba, devendo ele o conhecimento que tinha da bondade dessa planta à amizade que travara com Quilunga. Acrescentou que os que fizessem desenvolver as plantações de liamba constituíam a Sociedade da Amizade — Lubuco".)

— Já sabes que eu não gosto que fumes, papá — disse Lucrécia. — Muito menos liamba...
— Ora, filha, tem paciência. A liamba é uma erva medicinal, muito nossa, muito angolense, podes até perguntar ao meu querido amigo Luís Gomes Mambo. Ele recomenda-a para uma série de maleitas...
— A propósito, há notícias do alferes? — interrompeu Castelbranco.
— Espero que tenha sobrevivido...
— Estás a confundir tudo — disse Velasco Galiano. — O nosso bom amigo não estava na coluna do major Moutinho. Coitado do major...
Lucrécia apoiou-se ao ombro do pai:
— O que aconteceu?!
Vicente ergueu-se, deixando que a filha ocupasse o seu lugar. Contou-lhe então o que sucedera na Ganda, esforçando-se por a tranquilizar. A coluna do tenente Jan chegara há dois dias a Benguela, já depois do imenso desastre. Não lhe parecia provável que o major Frutuoso Manso, por muito louco que fosse, se atrevesse a galgar o Planalto, sem antes receber reforços e ter apurado as causas do massacre.

— Alguém esperava que uma coisa assim pudesse acontecer? — perguntou Lucrécia, nervosa, agitando um leque. — Quero dizer, como é que um exército moderno, com todo esse armamento trazido da Europa, pode ser derrotado por um bando de selvagens armados com lanças e flechas?

Apolinário Van-Dunem tossiu, irritado:

— Selvagens também os temos muitos nesta cidade, minha querida menina, de cartola e paletó. Os homens do Mutu-ya-Kevela estão armados com lanças, sim, e com arcos e flechas. Mas também com espingardas modernas. Muitos comerciantes não se importam de vender armas finas aos povos do interior. Eles vendem o que quer que seja que os sobas queiram comprar...

— Não é bem assim — interrompeu Vicente, esforçando-se por sossegar a filha. — Os bailundos têm muitos canhangulos, armas de carregar pela boca, velhos e pouco eficazes. Armas finas?! Talvez encontres algumas, mas poucas, meia dúzia quando muito. As primeiras precisam de pólvora e as segundas de munições. Ora, eles não devem dispor de muita pólvora. E quanto a munições para as espingardas modernas, essas não serão suficientes, com toda a certeza, nem para assaltar uma loja, quanto mais para manter uma guerra...

Francisco das Necessidades Castelbranco avivou o cachimbo. Sorveu o fumo. O que disse a seguir, com a voz trêmula, um pouco por efeito da liamba, outro tanto pela gravidade do que acabara de lhe ocorrer naquele exato instante, gelou o ambiente:

— Talvez os guerreiros do Mutu-ya-Kevela não tivessem armas finas, nem munições, nem pólvora, mas isso foi antes do que aconteceu na Ganda. Agora, têm tudo isso. Ainda mais importante, têm fé! Uma fé justificada, afinal de contas derrotaram a coluna de um exército regular europeu...

— Europeu?! — questionou Galiano num tom trocista. — Regular?!

— Enfim, quase europeu e quase regular — concedeu o outro. — O que quero dizer é que agora possuem muito armamento, bom armamento, e além disso estão numa posição de vantagem psicológica...

Lucrécia cobriu o rosto com as mãos, tentando esconder as lágrimas. Os homens calaram-se, assustados. Então, a jovem ergueu-se, furiosa consigo mesma, porque havia jurado nunca chorar em público, e ainda mais furiosa com os amigos do pai, por estarem ali, naquele entardecer furtivo, fumando liamba, palrando irresponsavelmente, enquanto, a quinhentos quilômetros dali, se decidia o destino de Angola.

10

Estendido numa cama de campanha, na sua tenda, com uma simples rede mosquiteira a separá-lo do mundo, Jan pensava em Lucrécia. Revia, detalhe a detalhe, a noite em que a jovem mulher o visitara. "Enquanto me lembrar do cheiro dela, não morrerei", pensava. "Enquanto continuar a ouvir a voz dela serei invulnerável."

Pensava nisto ouvindo — sem todavia os escutar — os dissonantes sons em redor: risos, discussões, cavalos relinchando, bois mugindo, alguém engraxando as botas enquanto cantava uma canção em quimbundo.

De olhos abertos, via a tela verde da tenda. Cerrando as pálpebras voltava a contemplar os seios firmes, que se ajustavam à concha da sua mão. Sentia na língua a língua dela, o ventre suado, as unhas que lhe arranhavam as costas. No dia seguinte, Lucrécia mandara entregar-lhe no hotel uma pequena maleta, com uma farmácia que ela mesma organizara: continha frasquinhos de várias cores, todos eles cuidadosamente etiquetados: sulfato de quinina para os acessos febris; arnica, percloreto de ferro, e esparadrapos; éter sulfúrico para combater os ataques de tétano; óleo de rícino, como purgante; pomada mercurial para sarar eventuais ferimentos.

Jan sentou-se na cama. Abriu a maleta. Passou a ponta dos dedos pelos frasquinhos, imaginando Lucrécia a desenhar as etiquetas. Uma voz conhecida despertou-o do seu devaneio.

— Dormes?

Jan ergueu-se. Desatou os dois laços que prendiam a porta de rede mosquiteira e saiu da tenda. Luís Mambo esperava-o, fardado, com um sorriso festivo, dois cálices e uma garrafa de vinho na mão:

— Trouxe uma garrafa de vinho do porto. Vamos comemorar?

— Comemorar o quê, Luís?! Não me parece que tenhamos muito para comemorar...

— Ainda estamos vivos! Comemoremos a vida!

Sentaram-se em cadeiras de campanha, saboreando o vinho. Foi ali que o capitão José António Gonçalves os encontrou. Sentou-se numa outra cadeira, diante deles:

— Não me oferecem um pouco?

Jan estendeu-lhe o seu cálice. O capitão bebeu de um só trago e devolveu-o:

— Partimos amanhã!

— Para o Bailundo?

— Para o Bailundo. O major acha que quanto mais cedo partirmos, mais chances teremos de apanhar os malandros desprevenidos...

Jan enfrentou o capitão, irritado:

— Os malandros, como vossa excelência lhes chama, estão mais do que prevenidos. Conhecem todos os nossos movimentos...

O capitão deu uma palmada amigável no ombro do outro:

— Não se irrite, tenente. E deixe-se de excelências comigo. Somos camaradas de armas, e somos também patrícios. Não me confunda com esses labregos vindos da metrópole. Eu sei muito bem que Mutu-ya-Kevela tem espiões entre nós. Sim, não os apanharemos desprevenidos. Sabe o que realmente me preocupa?

— O quê?

— A moral das tropas que o senhor comanda. E também a moral dos meus empacaceiros. Diga-me, com toda a franqueza, o senhor acredita em feitiços?

— Em feitiços?! Não, não acredito!...

— Talvez porque tenha vivido demasiado tempo entre os brancos. Fique sabendo que eu acredito...

Luís Gomes Mambo riu-se:

— Pois eu sou africano, nunca saí de Angola, e não acredito...

O capitão abanou a cabeça, cético:

— Eu sei que o senhor alferes é um homem da ciência, mas certamente partilha conosco um certo número de crenças. Não me diga que nunca teve receio que alguém contratasse os serviços de um feiticeiro para o prejudicar?

— Não, não tenho medo de feiticeiros...

— E os sonhos? Ao acordar, ou durante o matabicho, não costuma contar os sonhos que teve, durante a noite, à senhora sua esposa?

— Isso é diferente!

— É a mesma coisa, senhor alferes, é a mesma coisa. Aposto que a sua esposa escuta os seus sonhos com toda a atenção, e a uns acha auspiciosos e a outros infaustos...

— Sim, pode ser que ache, mas ela e eu não somos a mesma pessoa.

— Bem sei, mas estando o senhor alferes casado com tal senhora, amando-a e confiando nela, certamente a escuta. Certo?

Jan, que vinha acompanhando a troca de argumentos com um sorriso divertido, atirou a cabeça para trás numa límpida gargalhada:

— Apanhou-te, Luís! Agora é que o senhor capitão te apanhou!

Luís deu-se por vencido, mais por delicadeza do que por convicção. Recordou certa manhã de domingo em que, tendo sonhado que um crocodilo o atacara junto à lagoa do Quinaxixe, Dona Paciência o proibira de passar por ali nesse mesmo dia, como costumava fazer, sempre que ia caçar. Um amigo com quem partilhava a paixão cinegética, Vicente Van-Dunem, não o quis escutar, foi à lagoa, e quase ficara sem perna devido ao ataque de um crocodilo.

— Já ouvi essa história — reconheceu Jan.

O capitão José António Gonçalves explicou então os motivos por que se sentia apreensivo. Rumores estranhos inquietavam os soldados. Dizia-se que a coluna do major Moutinho fora dizimada sem que os guerreiros de Mutu-ya-Kevela tivessem feito um só tiro, ou lançado uma única lança.

— O que acham os seus homens que aconteceu? — perguntou o alferes.

— Acham que foi feitiço, é claro.

— Absurdo — disse Luís Mambo. — Provavelmente terão sido intoxicados. Suspeito que pelo fumo de alguma erva...

— Fosse o que fosse, alferes. Criou-se forte inquietação. A maioria dos meus soldados não quer avançar. Já sofremos mesmo meia dúzia de deserções, e receio que aconteçam muitas mais. Ainda por cima, como os senhores sabem, os soldos que as nossas tropas recebem, que todos nós recebemos, são ridículos. Ninguém aqui está disposto a morrer pelo rei de Portugal!

— Tem razão — reconheceu o tenente —, devíamos tentar negociar uma trégua.

— Penso o mesmo — disse o capitão. — Devíamos negociar tréguas e, entretanto, pedir reforços a Lisboa. Tem coragem para vir comigo, falar com o major?

Jan disse-lhe que coragem tinha, e de sobra, e que iria com ele. Contudo, não lhe parecia que o major fosse ceder. Frutuoso Manso era um homem teimoso, sem outra família para além do exército, e sem outro talento que não fosse o de comandar tropas. Para alguém como ele, quanto mais espinhosa fosse uma missão, mais interessante lhe parecia. Não por acaso, mandara bordar na bandeira do esquadrão dos Dragões de Luanda, que ele próprio criara e que o seguiam para toda a parte, o seguinte lema: "Só o Impossível nos Desafia".

11

Mariana Rogozinski era dois anos mais moça que Lucrécia, mas julgava-se mais velha, e comportava-se como tal. Lucrécia fingia aceitar a autoridade dela porque isso a divertia, e, sobretudo, por preguiça de lutar contra a obstinação da amiga. Foi assim que naquela tarde de sábado aceitou acompanhá-la ao bairro da Ingombota — a um bródio.

(Bródio é palavra que caiu em desuso; ou seja: morreu. Tem raiz num termo com que em Itália se designava um caldo simples, de pão duro, oferecido aos pobres nos conventos. Em Angola, a palavra prosperou, enriqueceu, utilizando-se em finais do século XIX, inícios do século XX, para dar nome a festas com mesa farta, muito vinho, batuques, semba e rebita. Ressuscito-a neste meu testemunho, porque me agrada assumir o papel de demiurga das palavras; depois, porque acredito que só ressuscitando certas palavras é possível ressuscitar momentos muito específicos do passado.)

A Ingombota, nas tardes de sábado, ganhava cor e vida. Os moços de Luanda, mesmo os que não tinham onde cair mortos, aperaltavam-se. Nos quintalões, enfeitados com lanternas e bandeirolas, o ritmo dos batuques, das puitas e dicanzas, sacudia os corpos.

Mariana passara pelo sobrado da família Van-Dunem, na companhia dos dois irmãos, Justino e Frederico, ambos apaixonados por Lucrécia desde a meninice. O destino final era a casa de um ambaquista, Pedro Bezerra de Lisboa.

(Este Pedro Bezerra de Lisboa era filho de um famoso pombeiro, António Bezerra de Lisboa, que por várias vezes atravessou África, de Luanda até a Ilha de Moçambique, auxiliando com os seus conhecimentos da geografia e da etnografia do continente diversos exploradores europeus — poucos, contudo, agradeceram os seus serviços. Um seu bisneto, com o mesmo nome, veio a ser muito importante na minha vida, mas essa é uma história que contarei mais tarde. Terão de aguardar pelo último capítulo desta minha confissão.)

Pedro Bezerra de Lisboa enriqueceu vendendo bíblias no Rio de Janeiro. Mais tarde perdeu quase tudo por amor a uma senhora casada, e, com o que lhe restou da fortuna, regressou a Angola, onde fundou uma escola de música. No quintal do amplo casarão de Pedro Bezerra, misturavam-se amanuenses, escriturários, zeladores, sargentos, caixeiros-viajantes e até mesmo um ou outro comerciante mais abastado, todos negros e mulatos, com a exceção de um ou outro branco muitíssimo perdido. As moças, vestidas com a elegância possível, numa cidade onde as notícias de Paris, e até de Lisboa, demoravam a chegar, fingiam uma timidez que raras vezes resistia à vertigem da primeira batucada.

A chegada das duas moças foi recebida com aplausos.

— Por que nos aplaudem? — perguntou Lucrécia a Frederico, o qual lhe oferecera o braço, antecipando-se ao irmão. O rapaz sacudiu a cabeleira dura e rebelde, quase loura (herdara a rebeldia da mãe, e a loireza do pai), e esclareceu, sem conseguir ocultar o orgulho, que os aplausos festejavam a beleza das duas mulheres. Lucrécia, irritada, retorquiu que seria mais justo aplaudir o extraordinário esplendor do poente. Mariana sorriu:

— Lucrécia é um pirilampo que tem horror à própria luz!

Dizendo isto deu a mão à amiga, e levou-a até uma salinha, afastada da confusão, onde uma menina triste tocava piano. Sentaram-se as duas em largos almofadões indianos.

— O que tens?! — perguntou Mariana. — Trouxe-te aqui para te distraíres. Porque precisas sossegar o coração. Mas vejo-te cada vez pior, mais áspera, mais...

— Estou grávida!

Mariana olhou-a com uma expressão de susto:

— Tens a certeza? Quanto tempo se passou desde que?...
— O suficiente...
— Não, ainda podes...
— Não insistas! Sei que estou grávida. Toda eu estou grávida. Há um alvoroço em mim, uma inquietação que nunca experimentei antes. O que disseste há pouco, sobre eu ser um pirilampo... Bem, é o contrário... Não quero que reparem em mim. Estou a fazer um esforço terrível para que não se note esta luz...

Mariana respirou fundo:

— Muito bem. Vamos admitir que sim, que estás grávida, nesse caso tens de lhe dizer! E tens de lhe dizer quanto antes...
— Ele partiu para a guerra, Mariana. Nem sei se volta.
— Não digas isso! Vai voltar, nas próximas semanas, e há de levar-te ao altar, e eu serei a tua madrinha.
— Achas que ele me quer? Não fugirá de mim, como a minha mãe fugiu?
— A tua mãe não fugiu de ti. Tanto quanto sei, Dona Caetana fugiu com um francês, sabe-se lá para onde, mas não fugiu por tua causa, nem por causa da Irene...
— Então por que não nos levou com ela?
— Quantas vezes já tivemos esta conversa, Mariana?! A tua mãe não vos levou porque não podia. Levou o vosso irmão, ainda bebê, e deixou-vos aos cuidados do vosso pai. Aliás, foi a melhor coisa que ela fez. Agora vem, vamos dançar um pouco...
— Não quero dançar.
— Então fica a ver-me dançar a mim. Gosto que me vejas a dançar.

12

A ira do major assustou os cavalos, presos, num curral improvisado, a cinquenta metros de distância. Assustou também o capitão José António Gonçalves, que, vendo o largo bigode do superior agigantar-se na sua direção, recuou três passos. Jan Pinto, porém, permaneceu impassível, de braços cruzados atrás das costas, rosto fechado, lembrando-se dos ataques de fúria do senhor seu pai, e de como aquilo que mais o irritava era a frieza de quem quer que lhe fizesse frente. Frutuoso Manso espetou-lhe o dedo no peito:

— E o senhor, tenente Pinto, veio aqui para sustentar os disparates do capitão?! Também lhe parece que devemos render-nos aos pretos?

— O senhor capitão nunca propôs tal coisa, meu major. Creio que houve um grave mal-entendido. Acreditamos, eu e ele, acreditamos os dois que antes de avançarmos com a nossa coluna seria de toda a conveniência estudar primeiro o inimigo. Em todo o caso, tendo em vista aquilo que aconteceu na Ganda, e que já aconteceu noutras ocasiões, pensamos que deveríamos aguardar também por reforços...

— Pensamos?! Mas quem lhe disse que o senhor tem de pensar?! O senhor limita-se a cumprir as minhas ordens!

— Certamente, meu major. Mas cumpre-me informar que há um grande descontentamento entre os meus soldados, corremos o risco de sofrer muitas deserções...

— Os pretos estão com medo?! Pois diga aos seus pretos que eu mesmo fuzilarei todos aqueles que forem apanhados a fugir, estamos entendidos?

— Sim, meu major...

— Muito bem. Preparem-se para partir amanhã de madrugada.

Jan e Luís Mambo fizeram continência e saíram da tenda de comando, ambos mudos e taciturnos.

— Nunca gostei de heróis — rosnou Luís Mambo, horas mais tarde, enquanto esfregava o rosto, os braços e o tronco, com uma loção que ele mesmo fabricava, para afastar os mosquitos. — Os heróis são sempre um perigo, não só para eles próprios, mas sobretudo para os outros.

13

Jan reparou pela primeira vez na ruga funda, vertical, que dividia a testa de Luís Mambo sempre que este fechava os olhos, num esforço para se recordar de algo. Naquele caso, o alferes esforçava-se por recuperar os fios soltos de um sonho. Amanhecia. Uma luz branda filtrava-se por entre as folhas das árvores. Os dois amigos partilhavam um café, junto à tenda do tenente, cercados pelo vagaroso burburinho do acampamento. A coluna deixara Benguela há três dias. A primeira luz da manhã, insípida e insegura, flutuando numa névoa azulada, mal deixava ver as altas e sombrias pedras que cercavam o acampamento.

— Lembro-me que o mar vinha subindo, carregado de algas e de peixes — disse Luís Mambo, levando a chávena aos lábios. — Cheirava muito a maresia...

— Aqui?! A cento e tantos quilômetros da costa?

— Era um sonho, Jan! Eu acordei, na minha tenda, e tinha algas presas ao cabelo. Os peixes olhavam para mim espantados...

— Os peixes estão sempre espantados...

— Olhavam para mim estupefatos, com grandes olhos redondos, porque eu também era um peixe. Era um peixe enorme, com todas as cores do arco-íris, e sabia alguma coisa que mais ninguém sabia. Alguma coisa muitíssimo importante. Os outros peixes estavam espantados porque eu era como eles, tinha guelras e barbatanas, e pensamentos escamosos. Mas estavam ainda mais espantados com aquilo que eu sabia...

— E o que sabias tu, meu bom Luís?

— Não me lembro. Só sei que era alguma coisa muito importante...

Nesse momento escutou-se um assobio e uma lança cravou-se no chão, a uns dois metros dos dois homens, quase atingindo um sargento branco, que ainda dormia, estendido numa esteira. Alguém gritou "ataque!", e em poucos segundos já todos os soldados estavam em pé, e de armas nas mãos, protegendo o quadrado. Uma corneta soou. Aos gritos dos oficiais, instruindo as tropas, e dos próprios soldados, uns soltando palavrões, outros evocando o nome de nossa senhora, sucedeu um silêncio nervoso. Escutou-se então, estranhamente próxima, cristalina, uma ampla gargalhada, e depois uma voz forte gritou alguma coisa em umbundo.

— Voltem para casa! — traduziu Jan para Luís Mambo. — As vossas mulheres estão a foder com os vossos escravos.

E mais nada. Nem um tiro, nem uma flecha, nem sequer outro insulto. O major ordenou que os empacaceiros saíssem em perseguição dos atacantes. Voltaram duas horas mais tarde, já a coluna se preparava para retomar a marcha, sem muita informação útil. Provavelmente haviam sido emboscados por um pequeno grupo de batedores. Aquilo não fora um ataque, disse o capitão José António Gonçalves, repetindo o que lhe dissera o velho Malamba. Aquilo fora um aviso.

Nessa noite, fugiram vinte e cinco soldados negros, levando três bois e uma dúzia de espingardas Winchester. O major mandou chamar Jan. Trazia na mão um chicote de cavalo-marinho, com o qual, enquanto gritava, ia açoitando o capim.

— O senhor é responsável por esses homens!

— Sou sim, meu major!

— Não podendo fuzilá-los a eles, devia fuzilá-lo a si!

— Sim, meu major!

Finalmente, o oficial acalmou-se:

— O senhor, naturalmente, pratica esgrima...

Jan franziu o sobrolho, intrigado. Respondeu que efetivamente praticava esgrima desde os seus tempos de estudante, no Real Colégio Militar, embora nos últimos meses não tivesse tido muita oportunidade para se exercitar.

— Pois muito bem, vai ter agora. Desafio-o para um duelo a espada!

Contavam-se muitas histórias sobre a irascibilidade do major. Segundo uma delas, Frutuoso Manso estivera preso nove meses, em Lisboa, acusado de ferir um oficial, em duelo. O motivo para o duelo? O referido oficial, um capitão, encontrara Frutuoso Manso acompanhado pela respectiva mãe, numa confeitaria do Chiado, tendo feito um comentário infeliz sobre os atributos físicos da senhora. Frutuoso Manso, que na época era primeiro-tenente, esbofeteou o superior, desafiando-o ali mesmo para um duelo a espada. Na refrega, o capitão perdera a orelha direita.

— Não vejo motivo algum para um duelo, meu major — contestou Jan, mais irritado do que inquieto. — Em momento algum atentei contra a sua honra. Além disso, os duelos...

— Bem sei que os duelos estão proibidos! E também sei que não tenho motivo algum. Mas quero matá-lo e não posso. Então desafio-o para um duelo a espada. Paramos ao primeiro ferimento, por mais ligeiro que seja...

Jan explodiu:

— Esperemos que seja profundo, senhor!

Em poucos minutos escolheram os padrinhos. O tenente ficou com Luís Gomes Mambo; o major optou pelo capitão Américo Souto-Maior. Escolheram também o terreno onde seria travado o desafio. Todos os soldados se juntaram em redor. Os africanos apoiando abertamente Jan. Uma boa parte dos europeus, mas não todos, manifestando o seu apreço pelo major, e o desejo de que este desse uma boa lição ao "cafre louro", que era como, em segredo, se referiam ao tenente.

Os padrinhos acordaram que o combate não seria interrompido para descanso, que os lutadores não poderiam aparar a espada inimiga com o braço livre e que não seriam autorizados a recuar para além dos limites do terreno — vinte e cinco metros.

O embate foi breve. Logo às primeiras estocadas, Jan tropeçou e desequilibrou-se, sendo incapaz de conter um golpe largo do major, que lhe rasgou a camisa e o peito.

Luís Gomes Mambo cortou-lhe a camisa, com uma tesoura. A ferida era extensa, mas superficial, pelo que o alferes se limitou a limpá-la e desinfetá-la, fechando-a depois com esparadrapo.

— Bem, parece que não vou morrer...

— Seria uma morte extraordinariamente estúpida — retorquiu o amigo, que durante todo o episódio não escondera a irritação. — Há mortes que destroem uma vida inteira...

— O senhor Jacques de La Palice não diria melhor — troçou Jan.

— O que eu queria dizer é que a forma como um homem morre pode destruir, em poucos segundos, uma reputação que levou longos anos a ser construída. Tu, por exemplo, um homem inteligente, culto e viajado, ser morto em duelo, no século XX, antes de uma batalha importante, por um motivo fútil... Sinceramente, não consigo imaginar nada mais estúpido...

Na manhã seguinte, Jan acordou com febre. Não foi o único. Muitos soldados, europeus e africanos, vinham sofrendo com sezões. Cinco deles, não conseguindo mais marchar, tiveram de ser deixados para trás, sob a proteção de uma pequena escolta.

Os cavalos, com a excepção do de Jan, estavam ainda em pior estado. Trotavam devagar, aos ziguezagues, tropeçando com frequência. Seguiam à rédea, exalando um suor escuro e fedorento, e estavam tão abrasados que quando se lhes jogava um pouco de água nas frontes, para os aliviar, logo esta se evaporava numa bruma triste. O capitão Souto-Maior sugeriu que os abatessem, o que encolerizou o major:

— Estes cavalos são os meus soldados mais leais e mais valentes! Ninguém lhes toca!

Ao sexto dia de marcha caiu-lhes em cima uma nuvem de gafanhotos. Jan foi atirado para um dos seus pesadelos. O coração disparou numa cavalgada feroz. Dava palmadas no vazio, e em si mesmo, tentando afastar os insetos que lhe picavam o rosto e se enredavam no cabelo. Cerrou os olhos com força, esforçando-se por controlar a agonia, a respiração, os gritos que queriam sair-lhe pela boca. Luís Mambo veio ter com ele. Ajudou-o a desmontar. Abraçou-o:

— Calma, Jan! São apenas gafanhotos. Abre os olhos. Os teus soldados estão felizes. Para eles isto é um presente caído do céu...

O alferes estava certo. As tropas africanas dançavam e pulavam, gritavam e cantavam, enquanto se esforçavam por recolher o maior número possível de insetos em largas panelas de cobre. Nessa noite, almoçaram os gafanhotos, fritos em manteiga e acompanhados por pirão. Jan atreveu-se a provar a iguaria, mas vomitou. Sentia-se tonto, como se estivesse a flutuar numa nuvem, muito acima do solo. Luís Mambo mudou-lhe o penso. Não obstante todos os cuidados, a ferida infectara.

— Isto está mal, meu amigo. Vou preparar-te um chá...

Ele mesmo o deitou na cama de campanha. Minutos depois reapareceu na tenda, na companhia de um jovem soldado, de semblante muito sério e olhos turvos, obrigando-o a beber um líquido amargo. Jan suava, com o corpo a arder, mas tremendo de frio. Em determinada altura percebeu que o major Frutuoso Manso entrara na sua tenda. Estava sentado diante dele, muito direito, quase tão escuro quanto a noite lá fora:

— Sinto muito — murmurou o major. — Venho pedir-lhe desculpas...

A seguir, sem que Jan tivesse dito nada, começou a falar na mãe. A mãe era uma mulher humilde, que sustentava o único filho vendendo pão e bolos. Frutuoso Manso nunca conhecera o pai. Falava-se num fidalgo de uma vila próxima. O major suspeitava, de resto, que fora esse fidalgo a pagar-lhe os estudos.

— A minha mãe era uma mulher trigueira. Era assim por natureza, e porque passava muito tempo ao sol, e o sol do Alentejo, como o senhor sabe, é quase africano. Um dia, em Lisboa, um imbecil insultou-a. Riu-se dela. Riu-se de mim. Disse que parecíamos pretos. Macacos pretos, foi o que ele disse. Que devíamos voltar para África. Parti-lhe o nariz com um soco, e depois desafiei-o para um duelo. Cortei-lhe uma orelha. Devia ter-lhe cortado os tomates...

Enquanto o major falava, Jan começou a ouvir os batuques. Primeiro um rufar lento, solitário, que parecia provir do seu próprio coração. A esse juntou-se um outro, e logo outro, todos cada vez mais próximos, cercando o acampamento. O major ergueu-se devagar, sólido, desperto, quase feliz:

— Os selvagens! Ah, finalmente os selvagens chegaram! Vou ver o que se passa...

Saiu da tenda. Jan sentou-se na cama, abraçando o próprio tronco, num esforço para acalmar os tremores. Os batuques cresciam, preenchendo o espaço todo, como uma substância viva, e ele não sabia se aquilo era real, ou se estava ocorrendo apenas na intimidade em chamas do seu cérebro. Conseguiu pôr-se em pé a custo, e, amparado à espingarda, espreitou para fora. Soou um tiro, outro, e logo se escutou a voz firme, forte, do major Frutuoso Manso:

— Cessar fogo, caralho! Ninguém dispara sem que eu ordene!

Então, os tambores mudaram de ritmo, passando a pulsar em uníssono, como um coração lucífugo, no mais que perfeito negrume da noite. Jan sentia no peito a ferida a latejar; sentia a febre escalando, o chão a fugir-lhe debaixo dos pés. Ao mesmo tempo, veio-lhe à memória a nítida imagem da mãe, que ele nunca vira, e uma angústia terrível, absoluta, travou-lhe o sangue nas veias. Escutou um soluço fundo e, voltando-se, viu ao seu lado Luís Gomes Mambo, com o rosto cintilante de espanto e de amargura, grossas lágrimas correndo, sem que ele as procurasse esconder.

— Filhos da puta! Que magníficos filhos da puta!

Enquanto caía, instantes antes de perder a consciência, Jan ainda viu os soldados perplexos, com os olhos fixos no vazio, discutindo tristemente com os seus fantasmas.

14

Ao abrir os olhos, Jan viu duas meninas debruçadas sobre ele. Lavavam-lhe o rosto com um pano encharcado em água fresca. O tenente tentou erguer o tronco, assustando as cuidadoras. Uma delas saiu porta fora, aos gritos. A outra encolheu-se a um canto, fixando-o com curiosidade e susto.

— Onde estou?!

A menina sussurrou qualquer coisa que ele não compreendeu. Depois viu os livros nas estantes e soube logo onde estava. Kavita surgiu na porta, sorrindo:

— Não tentes levantar-te, Katema. Passaste três dias a arder em febre, entre a vida e a morte.

Sentou-se no chão, ao lado do amigo. Jan voltou a fechar os olhos. Sentia-se leve, como se não tivesse corpo, ou como se o seu corpo fosse uma casca frágil, vazia, como aquelas que as cigarras abandonam, agarradas às folhas das árvores.

— O que aconteceu?

— Do que te lembras tu?

— Os batuques... Estávamos cercados de batuques.

— Sim, estavam cercados...

— E de repente alguma coisa desceu do céu, alguma coisa entrou na minha cabeça, acho que na cabeça de todos nós. Memórias antigas. Uma grande tristeza...

Kavita sacudiu a cabeça, concordando. Disse-lhe que estava feliz por o ver vivo, pensara em desistir do ataque por causa dele. Mutu-ya-

-Kevela, contudo, opusera-se. Não podiam permitir que a coluna continuasse a avançar. Desesperado, planeara enviar alguém para o raptar, mas fora impossível. Então, um dos seus homens, um espião que infiltrara ainda em Luanda, entre as tropas indígenas, fora falar com Luís Gomes Mambo.

— O Luís?! — agitou-se o tenente. — O que aconteceu ao Luís?!
— Esse não ficou muito tempo adormecido. Já o mandei chamar...

Luís entrou nesse momento, muito tranquilo, como numa peça de teatro. Não fosse pela farda, ainda suja e amarrotada, dir-se-ia que saíra minutos antes da sua casa, na Calçada do Desengano, após uma noite bem dormida e um revigorante café, impecavelmente lavado, perfumado e penteado. Sentou-se do outro lado do doente. Avaliou-lhe a febre e a pulsação. Confirmou o que dissera Kavita. Um soldado fora ter com ele. Dissera-lhe que vinha a pedido de Henjengo, o Mestre dos Batuques. Informara-o que o acampamento seria atacado dali a uma hora. Mostrou-lhe uma erva que o alferes logo reconheceu. Deveria servir ao tenente um chá preparado com ela, e tomá-lo depois.

— Quer adormecer-nos?! — indignou-se Luís Mambo. — Por que haveria eu de fazer o que me diz?

— Porque só sobreviveremos se estivermos adormecidos!

O alferes quis saber o que aconteceria se recusasse a proposta e o denunciasse. O soldado mostrou-lhe a lâmina de uma navalha, que trazia oculta na manga do casaco, enquanto retorquia, em umbundo, num tom de voz plácido, indiferente, como se estivesse a falar sobre a beleza da noite:

— Corto-lhe a garganta, meu alferes. E depois mato-me...

De forma que Luís Mambo aqueceu a água, fez o chá, entrou na tenda onde o tenente dormia, sempre seguido pelo espião de Henjengo, e ali lhe deu a beber o preparado, repartindo-o finalmente com o seu sequestrador.

— Estavas tão enfraquecido que, mesmo sem o chá, o mais provável é que tivesses desmaiado antes... Antes de...

— Antes dos batuques produzirem efeito — concluiu Henjengo.

TERCEIRO CAPÍTULO

TERCEIRO CAPÍTULO

1

Henjengo, o tio de Kavita, faleceu cinco meses após o sobrinho regressar ao Bailundo. O soma-inene Moma — que então ocupava o otchalo, tendo sucedido a Numa II, e este a Ekuikui II — não hesitou em nomeá-lo Mestre dos Batuques, conforme, aliás, as instruções do falecido.

Kavita, agora Henjengo, levou a missão muito a sério. As suas responsabilidades eram numerosas: cabia-lhe não apenas selecionar os melhores batucadores do reino e escolher os ritmos adequados a cada ocasião, e os timbres e os sinais, mas também organizar festas, conduzir tropas, aplicar multas e castigos.

O novo Mestre dos Batuques interessou-se pela matriz das suas funções principais. O velho soma Kalufele, o seu principal colaborador, falou-lhe de remotíssimas lendas. Dizia-se que o grande caçador Katiavala, fundador do Reino do Bailundo, teria criado uma sociedade secreta de guerreiros batucadores, os quais, recorrendo a ritmos aprendidos com os espíritos, conseguiriam paralisar os seus inimigos. Kalufele indicou-lhe um outro ancião, o soma Ndalu, cujo pai teria sido um dos últimos iniciados a integrar a referida sociedade — a Owelema.

Ndalu vivia longe, sozinho, junto a uma grande pedra branca. As pessoas tinham medo dele. Usava o cabelo comprido, alto e revolto, como se transportasse à cabeça uma nuvem resplandecente, e caminhava apoiado a uma lança, com cabo de marfim, que assegurava ter pertencido ao próprio Katiavala. Diziam os mais-velhos que durante muitos anos mantivera uma hiena, de noite, vigiando a porta da sua cubata. Diziam outros que ele era a própria hiena, vigiando a noite.

Ndalu não estranhou a visita de Henjengo:

— Estava à tua espera — murmurou, quando, numa manhã de cacimbo, viu chegar o jovem. — És mais alto do que nos meus sonhos.

Mostrou-lhe os diferentes batuques dos bailundos: os henjengos, os mbantulan, os pequenos cadomega e capopo, os grandes e fortes ongomba, com duas membranas, cujo ressoar se escuta a larga distância, na transparência das noites. Podem mesmo ser escutados para além das fronteiras do reino, sempre que as nuvens baixam até abraçar o Halavala, e o ar se torna tão denso e tão úmido que os pássaros se afogam nele.

Mostrou-lhe o ndungu, o katangala e o famoso ngoma wa nguri wa kama, um enormíssimo tambor cilíndrico, todos eles da nação bacongo. Finalmente, mostrou-lhe, escondidos num poço, os tambores secretos, com malhos de marfim, aqueles que só os iniciados estavam autorizados a nomear e a manusear.

— Os mortos falam pelas vozes dos tambores — disse-lhe, enquanto devolvia os batuques ao silêncio e à escuridão. — Vieste ter comigo para que eu te ensinasse a dar voz aos mortos, a ouvi-los, a prestar-lhes homenagem, a servi-los e a servir-te deles. Antes, precisas conhecer a tua própria voz.

Henjengo ficou noventa dias vivendo com Ndalu. Dormia numa esteira, encostado à grande pedra branca. Acordava muito cedo, lavava-se no rio, e depois pilava o milho e batia a fuba para o velho comer. Lavrava a terra, caçava, pescava e cozinhava. Assim que o sol desaparecia acendia uma fogueira. Então, Ndalu sentava-se ao seu lado e falava.

Nas primeiras noites, nada do que o velho dizia merecia a curiosidade dos ouvidos arrogantes do rapaz. Ndalu falava dos pássaros, e da língua deles; falava dos ventos, e da língua deles; falava sobre a lua e os diversos fulgores que ela é capaz de produzir. Pouco a pouco, Henjengo começou a compreender que Ndalu não estava a falar sobre pássaros, nem sobre ventos, nem sobre a lua e os seus luares, mas sim sobre os espíritos que estão por toda a parte, e tudo animam.

Foi só depois que Henjengo se mostrou capaz de distinguir os ventos, e todas as inúmeras vozes dos pássaros, em particular os noturnos, que Ndalu voltou a retirar do poço os tambores secretos. Todos eles se percutiam com malhos de marfim, ricamente trabalhados, mas eram de tamanhos e formatos muito diversos. Havia um tambor esguio, com membrana de couro de jiboia, capaz de chamar as cobras, e outro quadrado, muito leve, apropriado para comunicar com as abelhas, besouros e gafanhotos. Um deles, com o formato de uma grande caixa e o desenho de um hipopótamo esculpido na madeira, chamou a atenção de Henjengo:

— E este?

— Esse é o otchinguvo. Com esses batuques, um grupo de quinze homens muito bem treinados pode paralisar trezentos guerreiros inimigos...

— Isso é mesmo possível?! — espantou-se Henjengo.

O velho riu-se:

— Tudo é possível.

— E os brancos?! Podemos paralisar soldados brancos?

— Brancos e pretos, não existe diferença nenhuma. Um espírito semelhante anima tudo o que tem olhos e ouvidos e caminha pela terra, ou voa pelo ar, seja homem, seja bicho. Corpos são apenas corpos, a gente os veste, a gente os despe, não importa a cor nem o formato. Mesmo os surdos sentem os batuques, sentem-nos na pele, embora não com a mesma fúria. Só um guerreiro batucador muito bem adestrado consegue resistir ao poder dos tambores sagrados.

Henjengo regressou à ombala real decidido a ressuscitar a sociedade dos guerreiros batucadores. Não disse nada ao rei. Nos meses seguintes foi de aldeia em aldeia, escutando jovens batucadores, nas festas e nos rituais. Seguindo os conselhos de Ndalu, ignorou os que se exibiam, os vaidosos, os arrogantes, os prepotentes, e concentrou-se apenas naqueles que ao invés de tentarem dominar o instrumento, se deixavam tocar por ele. Escolheu doze.

— Esses foram os meus profetas — confidenciou a Jan, no dia em que este despertou, atarantado, na cubata em que guardava a sua biblioteca. — Mais tarde, depois de iniciados, cada um deles trouxe um outro.

Foram aqueles vinte e quatro guerreiros, vinte e cinco contando com Henjengo, que, sozinhos, derrotaram as sucessivas colunas portuguesas. E isto, sem dispararem uma única bala.

2

Vicente Van-Dunem sentou-se numa cadeira, no quarto da filha mais velha, vendo-a a cirandar de um lado para o outro, abrindo e fechando gavetas, recolhendo roupa e arrumando-a em grandes malas e baús.

— Não autorizo a menina a fazer essa viagem! — disse Vicente, tentando não levantar a voz. — Já disse que não autorizo!

A moça voltou-se para ele, com olhos frios, duros, determinados, ao mesmo tempo que atirava a roupa ao chão:

— Não autoriza?! E o que tem o senhor de autorizar ou não?!

Nga Xixiquinha apressou-se a apanhar as roupas de Lucrécia:

— Essa menina não tem juízo! — disse, voltando-se para Vicente. — O senhor sabe disso tão bem quanto eu. É mais teimosa do que um jumento. Não adianta lutar com ela...

— Não adianta lutar?! Então, sugere que a deixe partir, arriscando a vida numa aventura absurda? E por causa de quê?!...

— Eu irei com ela, senhor...

Lucrécia tirou-lhe as roupas das mãos:

— Era só o que me faltava. Não, não vais! Não vou levar uma velhinha comigo. Só irias dar-me mais trabalho!

Irene, que vinha acompanhando toda a discussão, em pé, junto à porta, deu um passo em frente:

— Vou eu! Eu vou com a mana!

— Não! Tu ficas com o pai!

Vicente ergueu-se:

— Muito bem! A menina quer ir até Benguela, e de Benguela ao Bailundo, para se enfiar na boca do lobo? Pois vá. Mas eu escolherei quem irá acompanhá-la. Decidirei as condições, a data da partida e a data de regresso...

Lucrécia empertigou-se:

— A data de regresso?! Só regressarei quando...

— Acabou! A senhora regressará quando eu decidir, tenha ou não conseguido encontrar a pessoa por quem pretende correr todos esses riscos.

Dizendo isto, Vicente saiu do quarto. Nessa mesma manhã mandou um dos empregados à casa da família Rogozinski, com instruções para que entregasse uma carta aos dois irmãos de Mariana. Na carta, muito breve, muito seca, convidava os irmãos a tomar um chá, por volta das cinco da tarde, rogando-lhes que mantivessem sigilo sobre a visita. Justino e Frederico encontraram-no sentado no seu sofá habitual, na sala, folheando jornais antigos. Cumprimentaram-no com um solene aperto de mão, nervosos e intrigados. O velho comerciante nunca lhes prestara muita atenção. Costumava tratá-los até com mal disfarçada sobranceria. Não compreendiam por que os mandara chamar.

— Sentem-se, meus senhores — convidou Vicente, indicando duas cadeiras, colocadas diante dele. — Quero fazer-vos uma proposta.

Disse-lhes que Lucrécia pretendia viajar até Benguela. Os irmãos trocaram um olhar assustado:

— Benguela?!

— Benguela é só a primeira etapa. Lucrécia pretende subir até ao Planalto...

— Compreendo — murmurou Frederico, que, embora mais novo do que o irmão, parecia ser quem pensava e falava pelos dois. — O senhor gostaria que fôssemos com ela, para a proteger?

— Sim...

— Estamos a falar de um resgate, certo?

— Precisamente — concordou Vicente, feliz por não ter de se alongar. — Em Benguela comprarão algumas cabeças de gado, sal, panos, o que for necessário para assegurar a liberdade dos prisioneiros. Vou entregar-vos também boas espingardas americanas...

— Senhor, se oferecermos armas de fogo aos revoltosos poderemos ser acusados de alta traição...

— Ninguém saberá....

Frederico ergueu a mão direita; ao contrário de Justino, que se pusera de pé, muito tenso, e passeava pela sala em passadas nervosas, o mais novo dos dois irmãos mantinha a placidez habitual:

— Peço perdão por interromper, excelência. Mas nesta cidade tudo se sabe. Não levaremos armas...

— E como se defenderão?

— A soco, caso seja necessário...

— A soco?!

— O meu irmão é um lutador experimentado. Um jogador de murro de primeira força. Aprendeu em Londres, com os melhores...

— Com os piores, quer o senhor dizer — interrompeu Vicente. — Conheço a fama do seu irmão. Tem fama de pimpão e de valente...

— Pimpão não, excelência — atreveu-se o visado a contestar. — Pimpão é que não...

— Pimpão e valente, sim, senhor, mas por muito valente que se revele, e por muito fortes que os seus socos possam ser, não creio que consiga bater-se, por exemplo, contra um bando de salteadores armados. Já nem falo nos guerreiros de Mutu-ya-Kevela...

Frederico assentiu com a cabeça, conciliador:

— Estava a brincar, senhor. Levaremos revólveres e espingardas, mas para nosso uso pessoal. Não levaremos carregamentos de espingardas para oferecer aos revoltosos, muito menos armas de guerra, isso é que não. Mais importante, precisaremos de bons guias e de carregadores confiáveis.

Lucrécia saíra horas antes, para comprar medicamentos e suprimentos. Ao chegar a casa, encontrou o pai bebendo cerveja, conversando e rindo com os irmãos Rogozinski. O velho abriu os braços para a receber:

— Já tratei de tudo, minha filha. Viajará com estes nossos amigos...

Frederico ergueu-se, muito sério:

— Querida Lucrécia, não a deixaremos ir sozinha.

O irmão imitou-o, mais desajeitado, mais nervoso, como se fosse uma caricatura do caçula:

— Pode contar conosco. Vamos defendê-la até a morte...

Lucrécia riu-se, trocista:

— Vão defender-me até a morte?! Não preciso que ninguém me defenda. Irão comigo, por exigência do senhor meu pai, e porque tenho apreço pela vossa companhia.

Dizendo isto deu as costas aos três homens e subiu para o seu quarto, enfurecida.

3

Lucrécia ficou muito perturbada quando o pai lhe disse que a coluna do major Frutuoso Manso fora destruída, e que tanto o tenente Jan Pinto quanto o alferes Luís Gomes Mambo haviam desaparecido. Contudo, mal tomou a decisão de partir em busca de Jan, logo emergiu da prostração em que durante três dias se deixara cair, passando a concentrar toda a sua energia, e todo o seu pensamento, no plano de encontrar e resgatar o jovem tenente. Irene tentou demovê-la:

— Como sabes que não foi morto?

— Se estiver morto, então quero vê-lo. Quero despedir-me dele...

Era de manhã. O sol erguera-se há instantes. Estavam no quarto de Irene, deitadas na cama dela, ainda em pijama. A menina abraçou a irmã, com carinho:

— Querida, se ele estiver morto, libertou-se. Podes despedir-te dele aqui, em qualquer lugar, não precisas de fazer uma viagem tão longa, tão dura e tão perigosa.

Então, Lucrécia colocou a mão direita de Irene sobre o seu umbigo:

— Sentes?

— Sinto o quê?

— A criança...

Irene estremeceu:

— Portanto, estás mesmo grávida, tu?

— Estou à espera de um filho dele.

— E só me dizes isso agora?

— Não queria afligir-te...
— Irmã, o que me aflige, o que me desgosta, é que tenhas escondido de mim algo tão importante. E não, não é um menino, não, tu estás à espera de uma menina...
— Como sabes?
— Da mesma forma que a mãe sabia certas coisas. Lembras-te?

Lucrécia não se lembrava. E Irene também não poderia lembrar-se. Era demasiado nova quando a mãe desapareceu. Ambas se recordavam, isso sim, de escutar Nga Xixiquinha contando que a patroa, Dona Caetana, possuía uma sensibilidade rara, sendo capaz de adivinhar o sexo dos bebês, apenas roçando a mão pelas barrigas das mulheres grávidas. Nga Xixiquinha contava muitas outras maravilhas e excentricidades sobre Dona Caetana, em que Lucrécia não acreditava, tomando-as por simples brincadeiras ou fantasias da ama.

Irene, cuja beleza clássica lembrava a da mãe (segundo Nga Xixiquinha), gostava de pensar que também havia herdado dela algumas das suas curiosas habilidades. Ainda criança, ganhara certa notoriedade, entre a família e amigos, por ser capaz de encontrar objetos que outros haviam perdido. Bastava-lhe fechar os olhos por alguns segundos. Quando os reabria era para anunciar:

— Papá, o teu relógio está no chão, sob a mesinha de cabeceira...

Ou algo do gênero. Perdeu esta faculdade no alvor da juventude. Em contrapartida, descobriu que era capaz não apenas de prever tempestades, mas também de as organizar. O pai troçou do novo dom:

— O que tu devias fazer, filha, era vender chuvas para os funerais. Chuva miudinha, digo eu, uma garoa fúnebre, adequada ao momento. Providenciarias também o vento certo, daqueles que gemem baixinho entre os ciprestes. Ganharias muito dinheiro, sobretudo neste nosso país, onde tantas vezes temos de seguir os féretros debaixo de um sol rutilante. Uma pouca vergonha isso, uma falta de consideração, pois ninguém consegue parecer triste banhado por uma luz tão alegre.

Também aquele talento, que lhe teria sido muitíssimo mais útil se a família se dedicasse à lavoura, durou escassos meses. Logo a seguir, a moça começou a padecer de um estranho mal da vista, que consistia em enxergar o que as pessoas escondiam dentro da roupa, e até no interior do próprio corpo; o que se ocultava no bojo de um cofre ou sob a superfície da terra. Este dom, usou-o Irene durante algum tempo, para encontrar lençóis de água, ajudando agricultores a furar poços. Em contrapartida, evitava almoços e jantares públicos, para não ser confrontada com a visão das vísceras alheias em fervorosa atividade, e recusava-se a frequentar os cemitérios porque, sob cada lápide, havia um cadáver olhando-a com uma firme expressão de censura. Também esta habilidade se extinguiu, após algumas semanas, sobrando da mesma somente a vocação de distinguir, no ventre das mulheres grávidas, o sexo dos respectivos bebês.

No final da adolescência descobriu ainda uma aptidão milagrosa para o piano. Era capaz de tocar qualquer melodia, sem errar nota alguma, após escutá-la uma única vez.

Irene não parecia teimosa, ao contrário da irmã. Ingênuo engano. Era ainda mais determinada, mas de forma tão engenhosa e diplomática que muitas vezes as pessoas não se davam conta. Vicente, sim, conhecia as filhas. Quando Irene disse que acompanharia a irmã, com o mesmo tom de voz com que teria dito que pretendia dar um passeio até a Ponta da Mãe Isabel, o velho comerciante soube logo que não a conseguiria demover. Foi nesse momento que decidiu falar com os irmãos Rogozinski.

4

Mutu-ya-Kevela recebeu com grandes manifestações de júbilo a notícia das sucessivas derrotas das tropas portuguesas. Intimamente, contudo, tremia de pavor. O soma Kapitango, responsável pela segurança da ombala real, partilhava dos seus receios:

— Henjengo ganhou demasiado poder — insistia, sempre que se encontrava a sós com o soma-inene. — É um grande herói para o povo, e um perigo para nós. Ninguém sabe o que ele quer. Viveu longos anos com os americanos, lá, na terra deles, e continua a visitá-los, na missão. Receio que conspirem...

— Achas que Henjengo quer o meu lugar?

— Se isso ainda não lhe ocorreu, há de ocorrer...

— O que devo fazer, Kapitango?

Kapitango começou por sugerir que dispersassem os batucadores por várias aldeias. Não os prenderiam. Não os hostilizariam. Simplesmente colocariam cada um deles em quimbos distantes uns dos outros, com o pretexto de que seriam úteis ali, para receberem e comunicarem as instruções do rei. Afinal, também para isso serviam os batuques.

Ao ser informado do plano, Henjengo protestou. Para receber e comunicar as instruções do rei, ou até as suas, poderiam enviar outros batucadores, jovens não iniciados. Não precisavam recorrer aos seus guerreiros.

— Precisamos dos nossos melhores batucadores nas aldeias mais distantes — retorquiu Mutu-ya-Kevela, com mel na voz. — E se os portugueses tentarem outro ataque, o que não acredito, será fácil reunires os teus guerreiros. Agora descansa, que bem mereces.

Henjengo sentia-se cercado. Foi ter com Jan, que, a essa altura, já possuía uma cubata só para si, num pequeno quimbo onde também viviam outros prisioneiros, incluindo Luís Gomes Mambo. Ali dispunham de relativa liberdade. Podiam cultivar pequenas hortas, e cozinhavam a própria comida. Jan não mostrou a menor surpresa com a decisão do rei.

— Ele teme-te a ti e aos teus homens. E tem bons motivos para ter medo...

Henjengo olhou-o, ofendido:

— Medo de mim, amigo? Por que teria o rei medo de mim? Sou o seu servo mais leal...

Jan abraçou o amigo. Olhou-o nos olhos, tentando encontrar, dentro do outro, o menino que ele conhecera tão bem. Disse-lhe que não conseguia compreender como os batucadores faziam para enlouquecer um exército inteiro. Fossem espíritos, magia, fosse o que fosse, aquele pequeno grupo de guerreiros tinha nas mãos um poder imenso. Assim como lhes fora possível derrotar os portugueses, poderiam, quando quisessem, depor Mutu-ya-Kevela. Henjengo afastou-se, horrorizado:

— Não! Nunca faria isso...

Calou-se, de rosto fechado, pensativo, um longo momento. Quando voltou a falar, num tom de voz tenso, foi para dizer que não acreditava em espíritos. Ou melhor, nem sempre acreditava. Nalguns dias, sim; noutros dias, não. Contudo, era-lhe impossível confessar uma coisa dessas em público. Logo alguém ampliaria rumores postos a circular pelos seus inimigos, segundo os quais os americanos o haviam transformado num homem branco, substituindo-lhe o coração, mas deixando-o com a mesma pele escura. Além do mais, convinha-lhe que o povo acreditasse. Uma parte do seu poder, do poder dos batucadores, vinha dessa fé nos espíritos, e da convicção generalizada de que o Mestre dos Batuques era capaz de dialogar diretamente com os ancestrais. Talvez os fundadores da Owelema acreditassem nisso. Talvez não. Em qualquer caso, haviam descoberto que certos ritmos podiam infectar quem os escutasse.

— Infectar? — assustou-se Jan. — O que queres dizer com infectar?

— Como uma doença — disse Henjengo, baixando ainda mais a voz. — Os batuques contaminam as pessoas. Não sei qual o mecanismo, o que sei é que determinados ritmos trazem alegria, uma euforia incontrolável, outros entristecem, e outros alucinam. Quando estive na América, em Nova Iorque, fui ver um espetáculo de hipnotismo. Tu alguma vez assististe a um espetáculo de hipnotismo?

Jan lembrava-se, em Paris, de ter assistido a uma sessão do gênero, no início da qual um famoso prestidigitador, mago ou feiticeiro, fosse o que fosse, convidara alguém do público a subir ao palco. O primeiro a avançar fora um rapazote magro, atrevido, que o mago imediatamente adormeceu. O rapaz deslizou até ao chão, sem estrondo, sem violência, como se tivesse perdido toda a substância. Então, o mago colocou-o atravessado entre duas cadeiras, a cabeça apoiada no assento de uma delas, e os pés na outra. A assistente do bruxo, uma moça muito pálida, muito ruiva e sardenta, colocou-se em pé em cima do rapaz, como se este fosse uma tábua. A seguir, enquanto o salão se erguia deslumbrado, numa chuva de aplausos, executou sobre o ventre do infeliz uma série de elegantes piruetas.

Isso fora apenas o início do espetáculo. Depois, o mago atravessara os rins do rapaz com um espigão afiado, sem que este despertasse, sangrasse ou demonstrasse o menor sinal de dor. No público, várias mulheres desmaiaram.

— Também vi algo assim em Nova Iorque — contou Henjengo, passando a falar inglês. — Pode ser ilusão. Ou pode ser que o hipnotismo coloque as pessoas num estado de êxtase. Os batuques fazem o mesmo...

— Os batuques induzem nos soldados uma espécie de êxtase?

Henjengo confirmou, com um leve aceno:

— Chama-lhe o que quiseres. Tu próprio sentiste o efeito dos batuques, não sentiste?

Jan concordou, com um aceno de cabeça. Por um brevíssimo instante, voltou a sentir que o peito se enchia de escuridão. Estavam sentados em pequenos bancos. O tenente levantou-se. Deu três passos na direção da porta. Olhou para o exterior. Os prisioneiros jogavam futebol com uma bola improvisada. Luís Gomes Mambo, de pé, diante de uma das balizas, gritava instruções para os jogadores da sua equipe.

— E por que tu e os teus guerreiros não são afetados pelos tambores? — perguntou Jan, voltando-se para o amigo.

— Achas que tens direito a saber tudo?

— Não posso?!

Henjengo riu. Havia exercícios, explicou, continuando a falar em inglês, exercícios de respiração. Exercícios de concentração. Práticas muito antigas, que, com o apoio do velho Ndalu, ele havia ressuscitado. O mais difícil fora selecionar os jovens batucadores. Perceber quem tinha talento para aquele ofício, quem tinha intimidade com os batuques, quem estava disposto a renunciar à irresponsabilidade da juventude, concentrando-se nos treinamentos, quinze horas por dia, todos os dias, durante quase um ano. Jan escutou-o com atenção.

— E agora queres que te diga o que deves fazer?

— Sim...

— Prepara-te para o pior. Devemos estar sempre preparados para o pior...

— Neste caso, o que pode ser o pior?

— Primeiro, Mutu-ya-Kevela vai isolar-te, afastar-te dos teus guerreiros. Vai voltar o povo contra ti. Depois, quando estiveres enfraquecido, manda alguém matar-te.

— Sendo assim, o que achas que devo fazer?

— Tens de te antecipar.

— Antecipar?

— Podes fugir. Vens comigo para Luanda...

— Sabes bem que não posso fazer isso. Não quero fazer isso.

— Nesse caso só tens uma solução...

— Qual?

— Matas tu o rei.

5

O desembarque em Benguela das irmãs Van-Dunem e dos irmãos Rogozinski não passou despercebido. Procurem imaginar o que seria a cidade no início do século XX: uma pequenina urbe africana, coberta de poeira e de melancolia, composta por uma centena de casas baixas e sonolentas, que se repartiam por meia dúzia de ruas de terra vermelha, desertas sob a dura luz do sol, e levitando, durante a noite, à frágil claridade ondeante de candeeiros de petróleo. Na frescura do entardecer, as pessoas puxavam cadeiras para os passeios e ficavam conversando sobre o estado do mundo, não o mundo real, porque não lhes chegavam informações a respeito, mas sobre países inventados e impérios presumidos.

Agora imaginem, numa cidade assim, como o povo terá reagido ao desembarque de duas jovens mulheres negras, muito bem vestidas, com a pele cuidada e o porte e os gestos de quem crescera em casa rica, entre escravos e serviçais. Ainda por cima, o grupo trazia imensa bagagem. Eram mochilas, malas e maletas, arcas, barris, toda a sorte de embrulhos, além de uma enorme banheira de catechu, fabricada pela Casa Mackintosh, de Londres, que Lucrécia insistira em comprar, após saber que o explorador português Alexandre de Serpa Pinto nunca dispensava a sua.

Os irmãos Rogozinski, que conheciam bem a cidade, tiveram o bom senso de prevenir um amigo, o qual lhes emprestou dois carros bôeres e carregadores. Em poucos minutos, diante da alegria ruidosa dos mirones, já a inumerável tralha estava arrumada nos carros. Posto isto, toda a comitiva se dirigiu para o único hotel digno desse nome. Enfim, talvez não fosse digno desse nome, estou sendo, como quase sempre, exageradamente otimista. Na verdade, era o único hotel. As irmãs não se queixaram. Puseram mãos à obra, auxiliadas por quatro molecas, e antes que o dia terminasse, já um dos quartos estava pronto para receber até a princesa mais exigente. Irene anotou no seu diário:

"Chegamos a Benguela ao amanhecer, após atravessarmos a noite num pequeno veleiro, chamado 'O Vencedor', o que me pareceu um bom augúrio. Passamos a tarde a limpar e arrumar um dos quartos de um largo armazém. O proprietário, um velho anarquista, ou socialista utópico, como ele prefere dizer, chamado Marcial Belo, arrenda o referido armazém aos visitantes mais endinheirados, sob a inacreditável designação de 'Hotel Perfumaria'. Ao final da tarde saí para a praia, com a Lucrécia, e então vimos uma imensa nuvem cor-de-rosa atravessar, como num sonho, o liso céu sobre as nossas cabeças — eram flamingos!"

(A esta altura já posso confessar que uma larga parte das informações com que venho construindo esta história da minha vida, e da vida daqueles que me deram vida, tem origem nos diários de Irene Van-Dunem, minha tia-avó, e nas mais de cinquenta horas de conversas que gravei com ela, em janeiro de 1983. Irene tinha então quase um século de vida.)

Na manhã seguinte, muito cedo, receberam a visita de Domingos Salvado da Silva, pai do soldado que sobrevivera a um dos primeiros ataques dos guerreiros de Henjengo, e que Jan e Luís Gomes Mambo haviam visitado na Fortaleza de São Miguel. Justino deu com ele cirandando ao redor do hotel, com aquele seu ar de defunto em férias, e achando que fosse um espião de Mutu-ya-Kevela, disfarçado de branco da poeira, conforme explicou a Frederico, derrubou-o com um soco. A seguir arrastou-o até a cavalariça, onde ele e o irmão haviam dormido, por turnos, enquanto vigiavam a bagagem e os bois.

— É um branco! — insurgiu-se Frederico. — Não estás a ver que é um branco autêntico, um português?! Escusavas de lhe ter batido. Diga-me lá o senhor, o que o trouxe aqui?

O português apalpou o queixo, ainda dorido do soco, e disse que gostaria de falar com Dona Lucrécia Van-Dunem. O que tem a dizer à senhora Dona Lucrécia pode dizer-nos a nós, assegurou-lhe Frederico, que não queria incomodar a mulher amada, conduzindo à presença dela um sujeito que cheirava a cadáver e, ainda por cima, se parecia tão tristemente com um. Domingos Salvado da Silva endireitou o esqueleto, sacudiu a poeira do casaco, alisou a gravata e só então, sentindo-se um pouco mais vivo, um pouco mais composto, voltou a insistir:

— Preciso falar com a senhora Dona Lucrécia, cavalheiro. Tenho algo importante para contar à fidalga, referente ao noivo dela, mas só falo com a própria.

— Noivo?! — surpreendeu-se Frederico, lançando ao irmão um olhar assustado. — Afinal, a Lucrécia está noiva?

Muito a contragosto, lá foi bater à porta do quarto das duas irmãs. Atendeu-o Irene, resplandecente, num vestido leve, preto e vermelho, que ela havia escolhido em homenagem ao proprietário do hotel. Alegrava o vestido uma enorme rosa, muito rubra, muito fresca, que a moça roubara na tarde anterior de um jardim malcuidado, a caminho do hotel. Aquela foi a primeira vez que Frederico demorou os olhos nela, percebendo que não era mais a menina delgada que vira crescer, mas uma mulher já feita. E que mulher!

— Mil perdões — gaguejou. — Um homem, um pouco estranho, insiste em falar com a senhora sua irmã...

Os dois irmãos levaram o português até uma sala, na outra extremidade do armazém, onde o seu proprietário vinha acumulando uma incrível coleção de animais empalhados, desde gazelas a corujas, passando por uma pequena zebra. Foi ali, sentado numa cadeira forrada com pele de leão, que, minutos mais tarde, Lucrécia o encontrou. Domingos Salvado da Silva ergueu-se de um salto:

— Folgo em vê-la, minha senhora...

Lucrécia permaneceu em pé, diante dele:

— O que tem de tão urgente para me dizer?

— Sei onde está o seu noivo, o senhor tenente Jan Pinto, meu bom amigo...

— Onde está?

— Na ombala do Bailundo.

— Como sabe?

— Porque um dos meus funantes tem família no Bailundo. Ele foi em visita à família e viu-os, aos prisioneiros. O senhor tenente Jan Pinto está de excelente saúde, graças a Deus. O senhor alferes Luís Gomes Mambo também sobreviveu. Estão juntos...

Os animais empalhados pareciam mais vivos do que o comerciante. Lucrécia pousou os olhos nos olhos brilhantes da zebra, pousou os olhos nos olhos turvos e amarelados de Domingos Salvado da Silva, e sorriu:

— Esse seu funante, como se chama ele?

— Saturnino Machado, minha senhora...

— E onde está o senhor Saturnino?

— Nesta nossa cidade de São Filipe de Benguela, numa das minhas lojas.

— Pois traga-o aqui, que quero falar com ele.

Preparavam-se para almoçar, sentados ao redor de uma mesa, colocada no quintal, à sombra de um abacateiro, quando Domingos Salvado da Silva reapareceu na companhia de um homem baixo, magro, com malares salientes e olhos estreitos e desconfiados. Era Saturnino Machado. Ao ver Lucrécia, tirou o chapéu, curvando-se numa desajeitada vênia:

— Minha senhora...

Lucrécia indicou-lhe uma cadeira:

— Sente-se, senhor Saturnino. Sentem-se os dois. São servidos?

Sobre a mesa, numa travessa de cobre, repousava um enorme pargo, pescado horas antes nas águas da Baía Farta, e depois limpo, descamado, e assado na brasa. Veio o vinho, o azeite português, outra travessa com batatas e legumes cozidos. Lucrécia deixou que os dois homens se servissem do peixe, que regassem as batatas e os legumes com azeite, que provassem do vinho, e só então, voltando-se para Saturnino, fez a pergunta que a inquietava há tantos dias:

— Tem a certeza de que o tenente Jan Pinto está vivo?

— Vivíssimo, minha senhora. Tão vivo quanto estava este belo peixe, antes de o pescarem, claro. — Mal concluiu a frase, Saturnino compreendeu que era uma metáfora um pouco desastrada. — Quero dizer, está bastante vivo, sim. Eu mesmo o vi com estes olhos que a terra há de comer...

— Falou com ele?

— Não, isso não. Não me deixaram falar com nenhum dos prisioneiros. Mas vi-os ao longe, a jogarem ao futebol...

— A jogarem ao futebol?
— Sim, e o senhor tenente com muita vida, saltando como um potro, e rindo e correndo. Fez até dois gols!
— Acha que nos pode levar até lá?

Domingos Salvado da Silva, que naquele momento levara o copo aos lábios, engasgou-se violentamente, e teve de ser socorrido por Justino, que, dando-lhe duas fortes palmadas no cachaço, o libertou da aflição. Saturnino, esse, não pareceu tão surpreendido. Talvez já poucas coisas o surpreendessem. Limpou os lábios ao guardanapo, aprumou-se e informou que sim, que teria todo o gosto em conduzir os ilustres viajantes ao Bailundo, à ombala do rei, embora lhe parecesse tal viagem arriscada e desnecessária. Se o propósito era comprar a liberdade do senhor tenente, ele mesmo poderia conduzir a missão, negociando com o rei, ou com alguns dos seus somas, pois todos o conheciam e respeitavam. Lucrécia agradeceu o oferecimento. Insistiu que queria fazer a viagem, negociar a libertação do tenente e dos seus homens e retornar com eles. Só dessa forma ficaria em paz consigo mesma.

— Entendo — assentiu Domingos Salvado da Silva. — Afinal, é o seu noivo!

Lucrécia sentiu o sangue subir-lhe ao rosto:
— E o senhor a insistir nisso. É um amigo!

Irene segurou-lhe o braço:
— Vá lá, mana, para que esconder? Sim, estão noivos. Ficaram noivos há pouco tempo, e ainda nem informamos os amigos. Se Deus quiser, daqui a duas ou três semanas estaremos a festejar o casamento...

Frederico ergueu o copo, muito sério:
— À felicidade dos noivos!

Brindaram todos.

6

Enquanto, a trezentos quilômetros de distância, festejavam o seu futuro casamento, o tenente Jan Pinto vivia dias tumultuosos. Desobedecendo a Mutu-ya-Kevela, Henjengo mandara chamar todos os batucadores. Decorridas duas semanas a mais nova das suas três esposas morreu envenenada, tremendo e ululando, numa agonia horrível, depois de cozinhar e de provar um coelho que o soma-inene lhe oferecera.

— Tinhas razão — confidenciou Henjengo ao amigo. — Agora, sou eu ou ele.

Dias depois, Jan foi acordado, alta madrugada, por uma mulher que, colocando-lhe a mão na boca, lhe soprou ao ouvido:

— Não grites! Foi Henjengo quem me mandou aqui...

Jan sentou-se na esteira. A mulher, alta, musculosa, olhava-o com um sorriso alegre e trocista, parecendo muito divertida com o susto que lhe provocara. Disse-lhe que se chamava Dumbila, e que Henjengo se preparava para assaltar a ombala real e prender Mutu-ya-Kevela. Ela e outras cinco mulheres haviam-se colado à noite e iludido os guardas, trazendo cada uma duas armas de fogo. Henjengo dera-lhe a ele, Jan, a missão de, em conjunto com os outros soldados presos, surpreender os guardas e neutralizá-los, se possível sem disparar nenhum tiro. Depois, acrescentou a mulher, poderiam fugir de regresso a Benguela.

— Fugir?! — indignou-se Jan. — Não vou fugir. Quero ajudar Henjengo.

A mulher riu-se:

— O Mestre dos Batuques disse-me que tu me darias essa resposta.

Jan foi acordar Luís Gomes Mambo. Juntos, movendo-se em silêncio, acordaram mais cinco soldados. Distribuíram as armas. Os guerreiros que os deveriam vigiar dormitavam, encostados a uma grande árvore, à entrada da sanzala. Foi fácil dominá-los. Amarraram-nos e esconderam-nos numa das cubatas. Depois, despertaram os restantes companheiros. Discutiram entre eles, em rápidos murmúrios, o que deveriam fazer. A maioria era pelo regresso imediato a Benguela. Luís Gomes Mambo dirigiu-se a Jan, muito calmo, como um pai falando com o filho:

— Devíamos voltar todos a Benguela, é claro. Mas uma vez que te recusas a partir, eu não te vou deixar aqui sozinho...

— Não ficarei sozinho...

Luís olhou-o com um sorriso irônico:

— Toda a gente que não está comigo está um pouco sozinha. Por isso há tanta solidão no mundo.

Malamba, que por algum motivo não sucumbira ao sortilégio dos batuques, e acabara sendo ferido num braço enquanto combatia os guerreiros de Henjengo, também se recusou a partir. Os três assistiram à fuga apressada dos restantes soldados.

— E agora? — quis saber o sargento. — O que fazemos?

Jan colocou a arma ao ombro:

— Agora vamos ter com Henjengo.

Guiados por Dumbila, atravessaram um bosque escuro, lavras desertas, cruzaram um riacho, e depois outro, até alcançarem o sopé de uma pequena montanha. Então, ouviram gritos de guerra, tiros, e, à luz esparsa que baixava das nuvens, viram os homens de Henjengo, com as altas e redondas cabeleiras crespas (como o velho Ndalu) e o rosto pintado de branco, esgueirando-se furtivamente, encosta acima, na direção da ombala real.

Quando alcançaram o grande jango já o golpe se consumara. Henjengo estava sentado no otchalo, muito sério, enquanto os somas, alguns deles rudemente empurrados pelos guerreiros rebeldes, se ajoelhavam diante dele.

Kapitango, a face cinzenta, os lábios azulados, tentava conter, com um pano, o sangue que lhe jorrava de uma ferida aberta no sólido peito. Tremia — mais de cólera do que de medo. Ergueu os olhos para Henjengo:

— Não é o otchalo quem faz o rei. Nem o ossopata (bastão), nem o omoku (catana), nem o horjonje (zagaia). Quem faz o rei são as suas ações.

7

Lucrécia reparou que, enquanto subiam a serra, o céu parecia subir também. Expandia-se. Aprofundava-se. Lembrou-se do que lhe dissera Jan, estendido ao seu lado, na cama do Grande Hotel Imperial, na noite em que a engravidara:

— Não há no mundo céu mais alto do que na minha terra...

Tinha as mãos cruzadas sobre a cabeça, e olhava para o teto com um ar sonhador. Lucrécia beijara-lhe o peito. Sorrira:

— Mais alto?! Como mais alto?!

— Mais alto! Ou mais desmedido, como preferires. Há tardes em que o céu é de um azul tão profundo que uma pessoa chega a ter medo de cair dentro dele...

Aquela era uma tarde assim. Lucrécia e Irene seguiam em tipoias, aos ombros baloiçantes de quatro carregadores, que furavam pelo mato num trote macio, enquanto cantavam. Às duas irmãs, essas canções eram como chuva caindo sobre as folhas das árvores.

(*"As canções eram como chuva caindo"*, escreveu a minha tia no seu diário: *"A partir desse dia fiquei com a certeza de que o umbundo veio da água. Estou convencida de que muitas palavras do umbundo não são senão onomatopeias que tentam reproduzir o som da água fluindo, ou de uma chuva fresca, no pico do calor, ou dos pingos grossos batendo contra as palmas das palmeiras".*)

Abrindo os olhos, Lucrécia via o abismo azulíssimo. Aves rodopiavam, muito ao longe, como folhas secas prestes a serem engolidas por um redemoinho. Segurou-se à rede, sentindo o mesmo medo que Jan em tardes semelhantes — e feliz por estar ali, sob o céu que vira nascer e crescer o homem que ela amava.

— Vejo gente! — anunciou Frederico, destravando a arma. — Tem gente vindo.

Lucrécia sentou-se na rede. Com efeito, dois cavaleiros galopavam em direção ao pequeno grupo. Um, montando com elegância um belo cavalo branco; outro, num pileque ruço, um pouco coxo. O que seguia à frente, no cavalo branco, agitava numa das mãos o fulgor de um lenço. O segundo era um homem mulato, com feições que Lucrécia achou familiares. Saltou do cavalo diante das duas irmãs:

— Sou Mateus Pinto. Comerciante...

— É por acaso irmão do tenente Jan Pinto? — perguntou Lucrécia.

Mateus disse-lhe que sim, que era o irmão mais velho de Jan, e depois apresentou-lhes o segundo homem: António Raimundo Cosme. Tinham sabido, dias antes, que uma pequena excursão, vinda de Luanda, deixara Benguela com a intenção de resgatar o tenente. Eles próprios já haviam tentado aproximar-se da ombala real, com idêntico propósito, mas Mutu-ya-Kevela repelira-os, enfurecido.

— Ameaçou assaltar e saquear todas as nossas casas comerciais — contou Mateus. — Os últimos meses têm sido terríveis. Há muita tensão no ar. O senhor meu pai e dois dos meus irmãos foram para Luanda. O meu pai, muito abalado, pretende seguir viagem para a metrópole. A esta altura já deve até ter embarcado. Fiquei eu a gerir os negócios da família.

António Raimundo Cosme confirmou a violência com que haviam sido recebidos na ombala real:

— A bem dizer, nem sequer chegamos a ser recebidos. Não conseguimos entrar. O rei apareceu à frente de um grupo de somas e expulsou-nos aos gritos. Ontem fizeram tiros, lá, mesmo dentro da ombala real.

— O que aconteceu? — perguntou Frederico.

— Não sabemos. Ninguém entra. Ninguém sai...

Mateus convidou o grupo a alojar-se na casa da família. Nessa noite, as duas irmãs puderam finalmente tomar um bom banho, vestir roupa lavada, jantar à mesa. Na manhã seguinte, muito cedo, Lucrécia despertou com o som de vozes e gargalhadas e, espreitando pela janela, viu Jan, na varanda, abraçado a Mateus. Cobriu os ombros com uma manta e saiu.

— Lucrécia?! — O tenente ainda estava abraçado ao irmão, quando a viu. — O que fazes aqui?!

No olhar de Jan misturava-se um grão de espanto, outro de apreensão, e uma larga porção daquela espécie de contentamento descontente que Luís de Camões tão bem cantou. Lucrécia correu a abraçá-lo. Mateus ficou ali, diante do casal, intrigado com a intimidade que o estreito abraço revelava. Irene surgiu por trás dele, como uma sombra. Tocou-lhe no ombro:

— Acho que este momento lhes pertence, a Lucrécia e a Jan. Pode oferecer-me uma chávena de chá?

Mateus voltou-se, muito corado.

— Desculpe. Tem toda a razão, menina Irene. Vamos para a cozinha?

Sentaram-se à mesa da cozinha, uma ampla divisão, onde se acumulavam tachos e panelas. Num dos cantos, agigantava-se um fogão a lenha. Num outro, numa belíssima gaiola de vime, cantavam periquitos. Mateus pediu às empregadas que lhes trouxessem chá, café, ovos estrelados, biscoitos, bolos e torradas. A perplexidade do comerciante divertia Irene.

— Posso saber o que aconteceu? — perguntou a moça. — Julguei que o seu irmão fosse prisioneiro de Mutu-ya-Kevela...

— E era, até ontem. Acabei de saber por ele que Mutu-ya-Kevela foi morto. O novo rei, Henjengo, é um velho amigo de Jan...

— Não esperava esse desfecho. Nós viemos até aqui...

— Bem sei, bem sei. Da última vez que nos visitou, o meu irmão falou-me de uma senhora que conheceu em Lisboa, e com quem viajou para Luanda. Estava muito impressionado, muito entusiasmado...

— Sim, é verdade, eles conheceram-se na metrópole...

Mateus abriu um largo sorriso:

— Compreendo o entusiasmo do Jan. A sua irmã parece ter uma personalidade muito forte. Na ausência do meu pai terei eu, como irmão mais velho, de ir a Luanda acompanhar o pedido, tratar do alambamento?

Riram-se os dois. Quando Lucrécia e Jan os encontraram, provando o chá, saboreando as torradas, já se tratavam um ao outro por cunhado, cunhada; já trocavam histórias e memórias, sorrisos e gargalhadas.

— Estão muito divertidos — disse Lucrécia, sentando-se ao lado da irmã. — De que se riem tanto?

— De vocês!

Jan, muito vermelho, ocupou a cadeira livre, junto a Mateus.

— Nunca imaginei que vos encontraria aqui, às duas...

— E eu nunca imaginei que a nossa missão seria tão fácil — disse Irene. — Achei que só o conseguiríamos arrancar daqui trocando tiros com os selvagens...

O tenente ficou muito sério:

— Há muita selvajaria, muita maldade, no interior daquilo a que chamamos civilização. E, por outro lado, muitas pessoas boas entre os bailundos. Deveríamos discutir primeiro o que entendemos por civilização.

Irene não se intimidou:

— O senhor tenente parece o nosso pai a falar, o velho Vicente Van--Dunem. Sei muito bem que em todo o lado há pessoas boas e pessoas más. Ainda assim, selvagens são selvagens...

— Diga-me, o que é para si um selvagem?

— É alguém que não sabe estar à mesa, que não sabe usar os talheres!...

Lucrécia pousou a mão direita no braço da irmã:

— O Jan nasceu e cresceu aqui. Tem amigos entre os bailundos...

— Por sinal, é amigo do rei — disse Mateus, rindo.

— Henjengo estudou em Nova Iorque — argumentou Jan. — Viajou. É um grande leitor. Conhece bem o mundo africano, e conhece igualmente bem o mundo ocidental. Muito mais importante do que tudo isso, acho-o uma boa pessoa...

— O que é uma boa pessoa? — perguntou Irene.

Jan olhou-a, surpreso com a pergunta.

— Uma boa pessoa é aquela que se preocupa com o bem-estar de quem a rodeia — disse, medindo as palavras. — Alguém que se compadece com o sofrimento alheio...

— Um filantropo, portanto?

— Suponho que sim. Uma pessoa boa tem de amar a humanidade.
— Toda a humanidade?
— A humanidade não vem em porções...
— Então eu não sou uma pessoa boa — assegurou Irene. — Amo apenas algumas pessoas mais próximas. São muito mais aquelas de quem não gosto do que aquelas que amo.

Lucrécia e Mateus riram-se. Só Irene se apercebeu de que Jan se mantivera sério.

8

Dias antes, os dois homens estavam sentados diante do áspero silêncio um do outro, enquanto a luz do entardecer se desmanchava no ar, como ferrugem. Subitamente, Jan ergueu-se. Aproximou-se das prateleiras, tentando ler os títulos dos livros. Na sua maioria eram obras em inglês, sobre a história e a geografia de África. Surpreendeu-o encontrar *Leaves of Grass*, de Walt Whitman. Folheou-o, distraído. Finalmente, voltou-se para o amigo, sacudindo a cabeça:

— Ainda não acredito...

— Como tu próprio disseste, eu não tinha alternativa.

— Nunca disse que precisavas matar o homem — murmurou Jan, voltando a sentar-se e pousando o livro na mesa.

— Disseste! Foi isso mesmo que tu disseste...

— Sim, tens razão, disse, mas não estava a falar a sério. Era uma figura de estilo. Pura retórica...

— Não queríamos matá-lo. Ele não se rendeu. Disparou até ao fim. Morreu como um guerreiro.

— E agora?

— E agora? Agora vamos governar este reino. Primeiro, preciso conquistar a confiança dos somas. A maioria vê-me como um usurpador. Deveríamos também tentar estabelecer uma aliança com os outros reinos do planalto central.

— Sim, tens razão. E em algum momento terás de negociar com os portugueses. Este é um momento bom. Estás em vantagem estratégica, podes impor as tuas condições.

— Preciso de ti. Para isso, preciso de ti...

— De mim?! Tu não precisas de mim. Eu vou voltar a Luanda. Já te disse, estou apaixonado...

Henjengo riu-se, desdenhoso:

— Apaixonado?! Mal conheces essa mulher...

— Enganas-te. É como se a conhecesse desde sempre.

Henjengo segurou as mãos do amigo:

— Preciso de ti, Katema, preciso de ti! Não confio em ninguém aqui, como confio em ti. O que farias tu em Luanda?

— Vou deixar o exército...

— E depois, o que tencionas fazer?

— Não sei. Pensei em abrir uma casa de comércio...

Henjengo riu-se com gosto:

— Tu, comerciante?!

— Talvez um restaurante. Não existe um único bom restaurante em Luanda.

— Um restaurante?!

— Não sei. Não sei bem...

— Amigo, fica comigo até a situação se estabilizar. Vais em meu nome negociar com as tropas portuguesas. O que devemos pedir?

— Posso ajudar-te a definir uma lista de exigências e de compromissos. O mais urgente, parece-me, é definir linhas de fronteira. Tens de deixar claro que as tropas portuguesas não estarão autorizadas a entrar nem a construir nenhum tipo de fortificação no interior do Reino do Bailundo. Em contrapartida, tu comprometes-te a proteger os comerciantes portugueses...

— Claro que comprometo. Nós precisamos dos comerciantes. Não temos nada contra os comerciantes portugueses, contando que não enganem o povo e que paguem os seus tributos e as suas multas. Então, posso contar contigo?

— Seis meses, no máximo, Kavita. Depois, vou-me embora. Vou para Luanda...

9

Lucrécia quis saber o nome do riacho. Tanto quanto Jan se lembrava nunca tivera nome; ao menos, ele nunca atribuíra um nome àquelas águas mansas, cristalinas, que haviam banhado a sua infância. Vivera ali momentos felizes. Vivia. Viveria sempre. Queria acreditar que aquele tempo, o tempo em que fora menino, continuava a fluir.

— O que queres dizer com isso? — estranhou Lucrécia, sentando-se na areia.

Jan estendeu-se ao seu lado:

— Gosto de pensar que tudo aquilo que nos acontece continua acontecendo. Não se extingue nunca. Por exemplo, se eu te beijar agora...

— Se tu me beijares...

— Se eu te beijar agora esse beijo não morrerá.

Lucrécia sorriu. Subiu para cima do homem, cobrindo-o com as largas saias, e beijou-o nos lábios:

— Assim?! Este beijo continuará existindo?

— Sim. Mesmo se um dia tu me deixares...

— E por que te deixaria eu? — Lucrécia escondeu a cabeça no peito de Jan. — Lembras-te daquela noite?

— Lembro-me dela todas as noites...

— Aconteceu naquela noite mais do que tu julgas saber...

— O que aconteceu?

— Estou à espera de um filho teu. Uma filha, assegura Irene. Os olhos dela enxergam o que ninguém mais vê...

Jan segurou o rosto da mulher com ambas as mãos:
— É verdade?
— Não percebes que ela está dentro de mim?
Jan sentou-se, com Lucrécia ao colo. A pele da mulher brilhava, lisa e encerada. O céu resplandecia. A água, saltando nas pedras, lançava em redor bruscas chapadas de luz.
— Não estava à espera...
— Ficaste aborrecido?
— Não. Estou feliz, muito feliz...
— Estás mesmo?
— Estou. Mas também assustado. Além disso...
— Além disso...
— Queria ter-te dito antes. Não consigo ir para Luanda agora.
— Por que não?
— Prometi ao Henjengo que o ajudaria a negociar com os portugueses. Os próximos tempos vão ser difíceis...
Lucrécia levantou-se. A voz dela tornou-se mais aguda, afiada:
— Os próximos tempos vão ser difíceis?! Nos próximos tempos a minha barriga vai crescer...
Jan hesitou um instante, e depois ergueu-se de um salto. Sacudiu a areia das calças. Lucrécia estava diante dele, torcendo as mãos, à beira das lágrimas.
— Não te zangues, Lucrécia. Acalma-te, por favor.
— Como vou olhar para o meu pai?
— Fica aqui comigo. Vamos procurar um padre. Ele pode casar-nos...
— Queres que eu me case neste lugar?!
— Sim, podemos ficar alguns meses a viver aqui, na casa da minha família. Mandamos arranjar um quarto...
Lucrécia inclinou-se para ele, os braços estendidos ao longo do tronco, os punhos fechados:
— Achas mesmo que o meu filho ou a minha filha vai nascer neste fim do mundo, no meio do mato?
— Eu nasci aqui, não nasci?
— E por isso os teus filhos estão condenados ao mesmo destino?
— Nunca pensei nisso como uma condenação.
Lucrécia voltou-se contra o riacho e gritou. Um grito rouco, animal,

que atravessou o corpo de Jan como um relâmpago. Então, deu as costas ao homem e correu na direção da casa.

10

Irene não sabia o que fazer para acalmar a irmã. Vira-a entrar no quarto, com os olhos brilhantes de fúria. Sem uma palavra, começara a arrancar a roupa dos armários e a arrumá-la nas malas e baús.

— O que aconteceu?! — perguntou Irene.

— Nada! — disparou Lucrécia. — Não aconteceu nada, vamos sair daqui ainda hoje!

Irene tentou abraçá-la. A irmã repeliu-a:

— Deixa-me! Quero voltar para Luanda...

Então, sentou-se na cama e rompeu num choro largo, com a cabeça escondida entre as mãos. A irmã abraçou-a, deitou-lhe a cabeça no colo, fez-lhe um cafuné. Jan surgiu à porta, com um ar assustado e compungido. Irene, vendo-o, enxotou-o com um gesto rápido.

— Foi o Jan? — perguntou ao ouvido de Lucrécia. — Não quer a filha?

Lucrécia ergueu-se, assoou-se. Limpou o rosto:

— Não, mana, não é isso! Não quer regressar conosco...

— Pretende ficar aqui?! Não acredito!

Lucrécia voltou aos armários, abrindo gavetas, retirando vestidos dos cabides e espalhando-os sobre a cama. Irene juntou-se a ela, reabrindo e reorganizando cada mala que a irmã fechava.

— Diz que tem assuntos para resolver! Assuntos para resolver com o rei do Bailundo! E eu?!

— Ele falou em casamento?

— Não me quero casar com esse homem...

— Não queres o quê?!

Lucrécia levou as mãos a um vestido de seda, verde-esmeralda, com mangas curtas, puxando-o tão brutalmente que o rasgou. Irene tirou-lhe o vestido das mãos, irritada.

— Olha o que fizeste! O meu vestido preferido!

— Desculpa...

— Não! Agora vais deitar-te um pouco. Descansa, acalma-te, enquanto faço um chá para ti...

Jan aguardava-a no corredor. Estava tão aflito que Irene temeu vê-lo tombar nos seus braços, em prantos, como, minutos antes, ocorrera com a irmã. Agarrando-o por um braço, levou-o até a varanda.

— O que o senhor fez à minha irmã?

Jan desabou numa cadeira:

— Nada, Irene. Palavra de honra.

— Nada?

— Só lhe disse que não posso regressar agora a Luanda...

— O senhor conhece o estado dela. Precisa assumir as suas responsabilidades...

O tenente aprumou-se, muito digno, muito sério, a voz trêmula de indignação:

— Minha senhora, pelo amor de Deus! Amo a sua irmã, respeito-a, e se ela me aceitar como marido serei o homem mais feliz do mundo...

— Pois então precisa pedir a mão dela ao senhor meu pai...

— Se for esse o desejo de Lucrécia, pedirei...

— É o desejo de Lucrécia, evidentemente. Venha conosco para Luanda.

— Não posso ir já...

— Quando poderá?

Jan olhou-a, desesperado:

— Dê-me dois dias, por favor. Parto agora mesmo para a ombala do rei. Depois de amanhã estarei de regresso...

11

Jan partiu a cavalo em direção à ombala real. Não prestou atenção ao vento, que durante toda a tarde estivera ocupadíssimo, carregando nuvens e acumulando-as, uma a uma, no profundo céu do Bailundo. Pensava em Lucrécia. Passara as últimas semanas fantasiando a vida ao lado da jovem comerciante luandense, numa euforia que nunca sentira antes; e agora, em consequência de um um simples disparate, um contratempo, uma frase apressada, receava tê-la perdido para sempre. Sentia que era ele mesmo quem estava segregando a escuridão.

Ao alcançar a fronteira da ombala, onde duas sentinelas lhe untaram os calcanhares com óleo de palma, conforme ordenava a tradição, o sol iluminou a barriga das nuvens, e só então o tenente se apercebeu da tempestade. Quando galgou os três degraus que davam acesso ao jango, já a chuva caía, em bátegas grossas e pesadas, levantando um perfume forte a terra molhada, e abafando as conversas e as gargalhadas dos homens.

— Trouxeste a água — disse Henjengo, sorridente.

Jan sacudiu a cabeça, somo se sacudisse nuvens:

— Trouxe más notícias...

Explicou a situação, respirando a custo, esforçando-se por controlar a ansiedade que o consumia. O novo rei dos bailundos escutou-o atentamente. Disse-lhe que compreendia o pedido de Lucrécia. A moça estava certa. O melhor seria Jan acompanhá-la. Iria à frente de uma pequena delegação do Reino do Bailundo, capaz de confirmar a autoridade dele enquanto embaixador. Já em Luanda, poderia resolver a questão do casamento e, antes ou depois disso, reunir-se com as autoridades portuguesas, para negociar uma proposta de paz:

— Assim, matas dois coelhos com uma única cajadada, como dizem os portugueses!

Luís Gomes Mambo pediu a Jan para o acompanhar. Tinha saudades da esposa. Na manhã seguinte saíram os dois, na companhia de Kapitango (enorme e silencioso), de Dumbila e dum dos batucadores de Henjengo, um jovem mirrado, com olhos estreitos e furtivos, chamado Muecalia.

O grupo levou mais tempo do que o habitual a alcançar as lojas da família Pinto, pois o chão, enlameado e escorregadio, dificultava a marcha. No largo terreiro, os irmãos Rogozinski, Justino e Frederico, montados no dorso de dois fortes bois, iam de um lado para o outro, dando ordens aos carregadores. Lucrécia conferia as malas. Na varanda, alheia ao bulício, Irene escrevia. Contudo, foi ela quem, erguendo os olhos, primeiro notou a chegada do tenente. Erguendo-se, levantou o braço direito, que segurava a pena, chamando a irmã:

— Mana! Olha quem apareceu!

Lucrécia estacou, rígida. Frederico esporeou o seu boi-cavalo, na direção dos recém-chegados. Enfrentou Jan, de cenho franzido:

— Pensei que o cavalheiro decidira ficar com os seus amigos bailundos!

Jan encolheu os ombros, num desprezo mudo, ultrapassou-o e prosseguiu a trote até chegar junto de Lucrécia. Apeou-se:

— Vou com vocês!

A mulher encarou-o, muito direita, muito séria. A folhagem aquietou-se, os pássaros detiveram-se em pleno voo, a terra deixou de girar. Irene, a pena suspensa, uma gota de tinta púrpura prestes a cair e a manchar o papel, acreditou que a irmã iria esbofetear o tenente, e que então o tempo enlouqueceria, e os dias, sucedendo-se uns aos outros numa cavalgada frenética, a atirariam, já muito velha, de encontro à mais estéril das solidões. Isso não aconteceu. Os olhos de Lucrécia encheram-se de lágrimas e ela caiu nos braços de Jan.

Frederico Rogozinski cuspiu para o chão:

— Traidor, filho da puta!

O irmão escutou o desabafo:

— Quem é o traidor?!

O outro apontou com o queixo para Jan:

— Aquele, o maldito bôer! Juntou-se aos inimigos da pátria!

— Qual pátria?!

— A nossa pátria, caramba! Portugal!

— Não somos polacos, nós?!

— Não! O papá é polaco, nós somos inteiramente portugueses...

Justino abanou a grande cabeça, desconfiado:

— Estive lá, na metrópole...

— Bem sei...

— Não foi bom, não, mano. Não me trataram bem. Uns troçavam de mim: "Oh, mulatinho, esqueceram-se de ti no forno?". Outros queriam tocar no meu cabelo. As crianças fugiam, com medo. Gostei muito mais de Londres. Não posso ser inglês?

12

("A nossa reentrada em Benguela levantou mais alvoroço do que aquele que enfrentamos ao desembarcar, dias antes, do veleiro que nos trouxe de Luanda" — escreveu Irene no seu diário. "Vínhamos sujos, cansados, cobertos de poeira. Uma multidão juntou-se à nossa volta, todos querendo ver o tenente Jan Pinto, e saber, através dele, o que acontecera à coluna do major Frutuoso Manso. Jan, preocupado com a segurança de Lucrécia, ergueu o chicote e fustigou a turba, a qual, ao invés de se afastar, cresceu contra nós num terrível alarido. Valeu-nos a coragem (e a força bruta) dos senhores Justino e Kapitango, que saltaram ao mesmo tempo dos bois em que seguiam e, lado a lado, foram derrubando os desordeiros com poderosos socos e pontapés. Por princípio, e por natureza, sou contra todas as formas de violência. Confesso, contudo, que o espectáculo me emocionou, de uma forma estranha e inteiramente nova.")

Nessa noite, os homens montaram uma barricada, e depois colocaram sentinelas, à porta do "Hotel Perfumaria", receosos de que a população local cercasse e assaltasse o edifício. Porém as horas foram decorrendo plácidas, iluminadas por uma lua muito redonda e muito branca, e a manhã chegou, sem que ninguém os tivesse incomodado. Embarcaram nessa mesma madrugada num palhabote, um veleiro de dois mastros, com vela latina quadrangular, chamado *Egypto*, propriedade de Apolinário Van-Dunem, primo e amigo de Vicente.

Era intenção de Jan falar primeiro com Vicente Van-Dunem, para formalizar o pedido de casamento, e, em seguida, dirigir-se à fortaleza, à frente da sua pequena embaixada, apresentar-se e negociar uma trégua e a libertação dos prisioneiros. Não foi isso que aconteceu. Ao menos, não aconteceu da maneira que ele imaginara. Alguém telegrafara de Benguela, anunciando a chegada do grupo e a sua composição e natureza. Um destacamento composto por duas dezenas de soldados europeus, sob o comando de um capitão que Jan não conhecia, Teodoro Periquito, aguardava no cais.

Mal alcançaram terra o capitão Periquito encheu o peito de ar e bradou:

— Tenente Jan Pinto?! Está preso!

Lucrécia enfrentou o oficial:

— Preso?! Prendem um herói? Como se atrevem?!

Foi preciso que Jan a abraçasse e acalmasse, assegurando-lhe que em poucas horas tudo se resolveria. Ela que fosse para casa descansar, sossegar o pai, e que começasse a preparar a festa para o casamento.

Os soldados amarraram-lhe os braços atrás das costas, fizeram o mesmo a Kapitango, a Muecalia e a Luís Gomes Mambo, e conduziram-nos aos quatro até a Fortaleza de São Miguel. Ignoraram Dumbila, que, irritada, seguiu as duas irmãs e a respectiva criadagem.

Jan foi colocado, sozinho, numa cela escura, porém limpa e arejada, e ali dormiu, estendido numa pequena cama. Um rapazinho imberbe trouxe-lhe, manhã cedo, um balde com água, um sabão e uma toalha. O tenente lavou o rosto, esticou o casaco, limpou as botas com um trapo, e depois, sentindo-se um pouco menos amarfanhado, acompanhou o jovem soldado até um salão amplo, com as paredes cobertas por belíssimos painéis de azulejos, onde o aguardavam, sentados em altos cadeirões indo-portugueses, três curiosos personagens. Ao centro, destacava-se a figura inquietante de um bebê adulto, gordo, calvo, com um bigode curvo, muito bem cuidado. Era dos três o único que vestia à civil: paletó de linho cru, colete claro, camisa branca, refulgente, com colarinho alto, fechado por um elegante lacinho azul. Ao seu lado direito sentava-se um militar extraordinariamente magro, com um rosto comprido e seco, onde se destacavam dois tristes olhos azuis. Nos ombros esquálidos brilhavam os galões de major. O terceiro personagem, um padre, vestido com uma sotaina negra, tinha um nariz adunco, de bruxa medieval, e um sorriso alheado nos lábios finos. O major levantou-se ao vê-lo chegar:

— Que grande trapalhada, tenente, que tremenda trapalhada!

Só depois se apresentou:

— Sou o major Calado, cheguei há poucos dias de Moçambique, cumprindo ordens do senhor Ministro da Guerra, para tentar compreender o que aqui se passa. Permita que lhe apresente sua excelência, o governador de Angola, tenente-coronel Norberto Monteiro...

O bebê gigante acenou friamente com a cabeça. Jan não sabia se lhe prestava continência, estendia a mão, ou devolvia o gelado aceno. Manteve-se hirto, silencioso, com o rosto fechado. O major indicou-lhe um simples banco, colocado diante dos três, e Jan sentou-se.

— A sua situação é muito complicada — continuou o major Calado. — Neste momento, ainda não sabemos se o devemos tratar como um herói, ou como um traidor. O que é que o senhor tenente acha, damos-lhe uma medalha ou damos-lhe um tiro?

Jan olhou-o impassível, embora, por dentro, se sentisse a ferver de cólera. Fez-se um silêncio comprido, incômodo. Foi a vez do padre se levantar. Deu uma volta ao salão, demorando-se a estudar os azulejos, que representavam animais da fauna angolana: elefantes, leões, girafas, gazelas e zebras. Por fim, aproximando-se por trás, colocou uma mão no ombro de Jan:

— O que aconteceu? O que aconteceu aos nossos homens? — Jan retraiu os ombros. O padre, porém, não retirou a mão. Pelo contrário, fechou as unhas na carne do tenente. A voz tornou-se mais aguda, mais afiada. — Como é que o senhor tenente sobreviveu e os outros não?

Jan sacudiu a mão do padre e levantou-se:

— Meus senhores, caso ainda não saibam, Mutu-ya-Kevela morreu em combate...

O major deu de ombros, com desdém:

— Sim, recebemos essa informação. E também sabemos que o novo soba é seu amigo...

O tenente empertigou-se:

— Henjengo é meu amigo, sim...

— Portanto, o senhor tenente está do lado dos pretos, é isso? — perguntou o padre.

— Estou do lado da paz!

Só então o governador falou. A voz rouca, profunda, contrastava estranhamente com o rosto de bebê. Era como se houvesse uma outra pessoa falando através da boca dele:

— E que paz seria essa? Henjengo pretende negociar a rendição?

— Não, excelência. Henjengo não tem motivos para se render. Derrotou três das nossas colunas, sem sofrer uma única baixa. Está em posição de vantagem. Capturou o nosso armamento, aliou-se a outros sobas da região e conta com largos milhares de guerreiros, muito motivados. O rei do Bailundo propõe-se negociar um acordo de paz, permitindo que os comerciantes portugueses possam continuar o seu trabalho...

— Paz?! Só haverá paz quando os bailundos prestarem vassalagem à coroa portuguesa...

— Com todo o respeito, excelência, se Henjengo quiser toma Benguela numa única noite!

O governador encarou-o com ódio:

— Eu podia mandá-lo fuzilar já!

Jan retribuiu o olhar:

— Então por que não manda?

13

Jan Pinto passou três dias e três noites na sua cela, em isolamento quase absoluto. Todas as manhãs vinha um soldado trazer-lhe água, uma sopa e um pedaço de pão. Na mesma ocasião trocava o balde que o preso usava para fazer as suas necessidades. Nunca falava, recusando-se a responder a qualquer saudação ou pergunta que o tenente lhe dirigisse.

Ao quarto dia, Jan viu surgir no corredor um grupo de militares, capitaneado pelo major Calado.

— Arrume-se! — gritou o major. — Tem uma visita!

Levaram-no para uma sala pequena com apenas três cadeiras, duas a um canto, e outra junto à porta, na qual o major se sentou. Instantes depois entrou um soldado conduzindo Vicente Van-Dunem. O velho comerciante cumprimentou o major, com um aperto de mão seco. Deu cinco passos, apoiado à bengala, e abraçou Jan, enquanto lhe segredava ao ouvido, em quimbundo:

— Dumbila pergunta o que deve dizer a Henjengo...

O major ergueu-se, aos gritos:

— Não podem abraçar-se!

Vicente voltou-se para o major, imperturbável:

— Vossa excelência sabe que a minha conversa com o senhor tenente, meu futuro genro, é privada. Precisamos tratar assuntos de família...

— O seu futuro genro, como o senhor diz, é um traidor. Colaborou com o inimigo. Não tem direito a privacidade!

— Não vim aqui para discutir questões políticas, nem com vossa excelência, nem com o meu futuro genro. Se quiser ficar sentado aí, escutando a nossa conversa, como uma matrona desocupada, pode ficar. É consigo...

— Três minutos! — gritou o major, furioso, enquanto abandonava a sala. — Têm três minutos!

Vicente sentou-se. Segurou a mão de Jan:

— E então, o que devo dizer a Dumbila?

— Henjengo precisa cercar Benguela, o mais rápido possível. Ele que leve mil homens, dois mil, que faça muito ruído, mas apenas isso... Muito ruído...

— Compreendi, esse assunto está resolvido, agora precisamos falar sobre o casamento...

Jan estremeceu:

— Senhor, logo que eu seja libertado...

O comerciante sacudiu a cabeça:

— Não sabemos quando o senhor tenente será libertado. Não sabemos sequer se será libertado. Podem mandá-lo preso para Lisboa. Podem até fuzilá-lo, sem muitas explicações. Essa é uma possibilidade real, não se iluda. Falei com um padre amigo. Faremos o casamento aqui mesmo, neste lugar...

— Quando?

— Daqui a três dias, senhor tenente! Faça-me o favor de não morrer nos próximos três dias!

E dali a três dias, efetivamente, Jan Pinto casou-se, na capela da Fortaleza de São Miguel, com Lucrécia Van-Dunem. Foi uma cerimônia simples e expedita. Além dos noivos e do padre, um benguelense, que estudara em Pernambuco, estiveram presentes apenas Vicente e Irene. Os noivos só tiveram tempo para um abraço rápido. O tenente prometeu à esposa que em poucos dias sairia dali:

— Vamos começar uma vida nova!

Lucrécia sorriu, fingindo acreditar. Mal regressou a casa, fechou-se no quarto, recusando-se a receber quem quer que fosse. Só saiu na manhã seguinte, de rosto erguido, olhos acesos, e uma determinação que surpreendeu o próprio pai:

— Dentro de poucos meses o senhor será avô! — anunciou, acariciando a barriga, que já começava a empinar. — Está preparado para ser avô?

— Não quero eu outro destino — retorquiu Vicente, sorrindo. — Há anos que me preparo para esse dia.

Três semanas mais tarde, Jan recebeu na sua cela uma visita do major Calado. O oficial exigiu-lhe que o acompanhasse. Levou-o então a uma cela maior, interior, sem nenhuma janela, onde se encontravam Luís Gomes Mambo, Kapitango e Muecalia, todos eles com os braços amarrados atrás das costas. Todos com sinais de terem sido torturados. O que estava em pior estado era Muecalia, que jazia no chão, nu, com cortes profundos nas costas, os lábios rachados, e o olho direito inchado e sangrando. Jan ajoelhou-se ao lado dele.

— Selvagens! — gritou, voltando-se contra o major. — Os senhores não sentem vergonha?!

O major tirou a pistola do coldre. Depois, sorrindo, com os olhos presos aos olhos de Jan, encostou o cano na testa de Muecalia.

— Vou fazer-lhe uma pergunta, senhor tenente. Tem dez segundos para me responder, e para me responder com a verdade...

— O senhor enlouqueceu?!

— Segundo a senhora minha mãe, sempre fui louco. Quero saber como esse tal de Mutu-ya-Kevela conseguiu derrotar as nossas colunas... Um... Dois...

— Guarde a arma, senhor. Eu digo-lhe tudo...

— É melhor dizer agora!... Três... Quatro...

Então, Luís Gomes Mambo deu um súbito salto, lançando-se com a cabeça de encontro à barriga do major, que se desequilibrou, soltando a arma e embatendo com a nuca na parede. Jan agarrou a pistola e apontou-a, tremendo, ao peito do oficial. Este, estatelado no chão, olhava-o com desconcertado espanto.

— Levante-se! — ordenou Jan.

O major Calado ergueu-se a custo. O sangue escorria do golpe aberto na nuca e deslizava pelo pescoço, manchando a camisa e a casaca militar.

— Vai matar-me?!

— Mata-o! — gritou Kapitango em umbundo. — Mata essa barata sem asas! Mata-o já!

— Não faças isso, Jan! — contestou Luís Mambo. — Não podes matar um homem desarmado!

Estavam naquilo, mata, não mata, quando se escutou um fragor de vozes, passos apressados e três soldadinhos irromperam na cela. Houve um instante de perplexidade geral, e, logo a seguir, os militares recuaram, soltando sonoras exclamações de espanto, em português e em quimbundo. O major Calado bradava ordens, os prisioneiros uivavam ameaças, de tal forma que era impossível compreenderem-se uns aos outros. O tremendo alarido atraiu outros soldados. Todos gritavam.

(Escrevo estas linhas ruidosas esforçando-me por pensar como um homem. Sim, sinto certa dificuldade em imaginar e em descrever episódios de guerra, ou simples cenas de violência masculina, porque isso exige de mim um rebaixamento da inteligência e do meu puro bom senso de mulher — de uma mulher do século XXI. Além disso, não tenho nenhum testemunho direto do que ocorreu naquele dia, na Fortaleza de São Miguel. O que os jornais angolanos e portugueses noticiaram, uma semana mais tarde, não confirma, mas também não invalida, nenhuma das cenas que aqui relato. Faça o favor, querido leitor, de acreditar nelas.)

Por sobre o feroz alvoroço ouviu-se então uma voz de tenor, cantando "In fernem land". A voz impôs-se, serenando a algazarra, e logo surgiu na porta a figura rubicunda do governador.

— Senhor tenente Jan Pinto, como sempre, encontro-o envolvido em sarilhos! Desta vez teria mesmo de o mandar fuzilar, embora a contragosto, porque simpatizo bastante consigo. Acontece que o senhor nasceu com o cu para a lua. Acabo de receber um telegrama urgente, de Benguela. A cidade está cercada pelos guerreiros do rei Henjengo. Nada que o surpreenda, certo?

— É verdade, senhor!

— Diga-me, vossa excelência está autorizado a negociar em nome do rei Henjengo?

— Estou sim, excelência — disse Jan, prendendo no cinto a pistola alheia. — Eu e o senhor Kapitango, aqui presente, comandante das tropas do rei do Bailundo.

— Pois muito bem — disse o governador, com um sorriso trocista distorcendo-lhe o rosto infantil. — Tomem um banho, os dois, vistam-se de forma civilizada e venham ter comigo ao meu gabinete, no palácio do governo. Temos um longo dia pela frente.

ND
QUARTO CAPÍTULO

1

Na manhã de 16 de novembro de 1902 o *Diário de Notícias* surgiu à venda nas ruas de Lisboa com uma triunfante manchete: "Rei do Bailundo rende-se e reconhece soberania de Portugal em Angola". Eis um delicioso exemplo de interpretação criativa da realidade.

(Nos parágrafos que se seguem, listo aquilo que de fato foi acordado. Se as negociações que conduziram a tais acordos aconteceram como eu imagino e passo a descrever, isso, é claro, já não posso garantir.)

Jan e Kapitango banharam-se, no pátio da fortaleza, na água fresca retirada de um poço. Deram-lhes roupa lavada — que Kapitango teve dificuldade em vestir, não só por estar pouco habituado aos trajes europeus, mas sobretudo devido à sua gigantesca compleição —, além de sapatos e chapéus. A seguir, os dois homens foram conduzidos ao Palácio do Governador, onde o tenente-coronel Norberto Monteiro os aguardava, na companhia de um restrito grupo de oficiais e geógrafos. Passaram a tarde debruçados sobre enormes mapas militares, discutindo as fronteiras dos reinos do Bailundo, do Huambo e do Bié. Por fim, já noite fechada, Jan assinou um documento, em nome de Henjengo, no qual o novo rei do Bailundo, Bié e Huambo se comprometia a respeitar a soberania portuguesa no território de Angola, para além dos limites do seu reinado.

Henjengo também se comprometia a receber e a proteger os comerciantes portugueses que pretendessem negociar no território, contanto que estes lhe pagassem o devido tributo e respeitassem as leis do país. Portugal, pelo seu lado, reconhecia a independência do reino do Bailundo, no interior das fronteiras de Angola.

Concluídas as negociações, assinado o tratado, um grupo de soldados acompanhou Jan, Kapitango e Muecalia até ao cais, onde embarcaram para Benguela num patacho chamado *Flor de Landana*. Na manhã seguinte, ao desembarcarem, encontraram uma cidade castigada por três noites e três dias de pesada insônia. As pessoas, exaustas, com os nervos à flor da pele, receberam o grupo com aberta desconfiança.

O próprio Jan estremeceu ao ouvir os batuques.

— São batuques de festa — esclareceu Kapitango, com um largo sorriso. — São os batuques que se tocam nos dias em que recebemos visitas.

Um grupo de soldados acompanhou-os até a saída da cidade. Seis horas depois, em Catengue, o jovem tenente abraçava Henjengo.

— Ganhamos! — disse-lhe. — Portugal reconheceu a independência do Bailundo.

Luís Gomes Mambo foi abandonado, quase nu, nos portões da fortaleza, seguindo para casa a pé. Dona Paciência acolheu-o com grandes gritos de júbilo, lavou-o, vestiu-o, aqueceu-lhe o estômago com um muzonguê bem agindungado. Já refeito, o marido contou-lhe todas as desgraças que vivera nos últimos dias.

— Libertaram-nos — concluiu. — Mas expulsaram-nos do exército, a mim e ao Jan...

— E agora?! — quis saber Dona Paciência. — Como iremos viver?

O ex-alferes recostou-se na cadeira. Acariciou a barriga, que o caldo dilatara, olhando para os dias futuros como um gato gordo, estendido ao sol, contempla os pombos que, diante dele, debicam e arrulham, distraídos.

— Agora vou abrir uma loja de fotografia, mulher...

— Uma loja de fotografia?

— Um estúdio fotográfico. Vou vender retratos instantâneos aos fidalgos e burgueses desta nossa cidade...

Dona Paciência riu-se:

— Vamos ficar ricos?

— Ricos não. Mas terei mais tempo para ti. Vamos ser felizes.

2

Eu tinha doze anos, contou Dumbila. As pessoas corriam atrás de mim com paus. Homens, mulheres e crianças. Atiravam-me pedras. Queriam matar-me porque eu era a filha da bruxa. A neta da bruxa. Então eu lembrei-me do que a minha avó me havia ensinado, e transformei-me numa porta. A multidão passou através de mim sem se aperceber do logro. No instante seguinte, estavam correndo no deserto, muito longe dali, homens, mulheres e crianças, com as suas pedras, os seus paus, os seus gritos de ódio. Nenhum deles conseguiu voltar.

À medida que ia traduzindo para português o relato de Dumbila, a velha Xixiquinha regressava à infância. Ela nascera em Luanda, filha e neta de luandenses. Porém, com oito anos, a mãe levara-a consigo numa viagem a Benguela, para visitar um irmão enfermo, e lá haviam permanecido um ano inteiro. Entregue aos empregados, enquanto a mãe cuidava do irmão e fazia negócios, Xixiquinha aprendera a falar umbundo.

Estavam na varanda, sentadas em esteiras e almofadões, Dumbila trançando o cabelo de Irene, enquanto esta tricotava um casaquinho de bebê. Mariana Rogozinski e Lucrécia ocupavam-se ambas com bordados de jinjiquita.

Irene e Dumbila haviam criado uma ligação imediata, tão intensa, tão perfeita, que nem sequer carecia de palavras para se exprimir. Aquela amizade repentina irritava Lucrécia, de uma forma profunda — "arranha-me a alma", confessou a Mariana. Envergonhada, a jovem comerciante esforçava-se por ocultar tal perturbação. Nem sempre com sucesso.

— Estou um pouco cansada das histórias desta mulher — murmurou, em português, depois que Dumbila terminou de contar como, em criança, descobrira ser capaz dos mais estranhos prodígios. — Santo Deus! Como ela mente, e com que extraordinária desenvoltura. Se fosse um homem, e se soubesse falar português, estaria agora na Corte, ou até mesmo no governo do reino...

Mariana riu-se com gosto. Irene e a velha Xixiquinha, não.

— Essas coisas acontecem — disse Irene com firmeza. — Nós, mulheres, ao menos algumas, somos capazes de desenvolver laços com o mistério e o desígnio. A mamã, por exemplo. Eu própria...

— Tu própria o quê, mana?! — zangou-se Lucrécia, erguendo a voz. — Fantasias! O que tu tens é uma imaginação muito fértil, sempre foste assim, desde pequenina, desde que começaste a falar. Inventas um disparate qualquer e depois passas a acreditar nele. Juras que é verdade...

— Irene tem razão — interrompeu Nga Xixiquinha, passando a falar quimbundo. — A vossa mãe, Dona Caetana, ela sabia ler o universo. Reconhecia as vozes dos ancestrais...

— E tu a jogares lenha na fogueira, ama, pelo amor de Deus! — contestou Lucrécia, em português. — Eu até acho graça a essas histórias, acho mesmo. Cheguei a recolher alguns mitos tradicionais, pensando em publicá-los. O problema é quando as pessoas como tu, como a Irene, começam a acreditar neles. Isso é coisa de gente atrasada...

— Mas um homem caminhar em cima da água já te parece bem, já pode ser, certo?! — perguntou Irene. — Num homem que transformava a água em vinho, que ressuscitava os mortos, que devolvia a vista aos cegos, num homem assim as pessoas civilizadas já podem acreditar?

— Eu não acredito!

— Eu acredito! — disse Mariana. — Vou à missa todos os domingos...

— Acreditas mesmo que Jesus transformava a água em vinho? — perguntou Lucrécia.

— Está na Bíblia. Então, acredito.

— Acreditas em tudo o que está na Bíblia?

— Acredito...

— Nesse caso como podes ser contra a escravidão?! A Bíblia não proíbe a escravidão, regula-a. Ensina-te quais as pessoas que podem ou não podem ser vendidas e de que formas. Diz-te como deves tratar os teus escravos...

— E quem te disse que sou contra a escravidão? Sempre houve escravos. Por acaso o teu avô não tinha escravos?!...

Irene interveio:

— Estás a confundi-la, misturando alhos com bugalhos. Detesto essas pessoas que acham bárbaro tudo o que temos em África, e civilizado tudo o que nos chega da Europa, mesmo tratando-se exatamente do mesmo produto...

— E eu sou uma dessas pessoas?!

— Por vezes pareces...

— E tu, maninha, diz-me, há quanto tempo descobriste que és africana?! Cinco minutos?! E já te sentes mais nativista que o papá?

Dumbila acompanhava a troca de argumentos, olhando ora para Irene, ora para Lucrécia, num silêncio curioso. Embora não falasse português, nem tampouco quimbundo, compreendia algumas palavras.

— Estão a lutar por minha causa? — perguntou em umbundo, à velha Xixiquinha.

Xixiquinha sossegou-a. Não lutavam. Eram irmãs. Então discordavam, como discordam as irmãs, pelo simples prazer de defenderem posições opostas.

Dumbila fingiu-se indignada quando lhe disseram que Kapitango, Muecalia e Jan haviam retornado sem ela. Na realidade, cumpria as instruções que Henjengo lhe dera. O rei do Bailundo sabia que os seus embaixadores poderiam ser presos. Calculou, porém, que os portugueses não prestariam atenção a uma mulher — e assim foi.

— Para os brancos as mulheres são quase invisíveis, principalmente as pretas — dissera Henjengo a Dumbila. — E tu, tu vais usar os teus poderes para te tornares ainda mais invisível. Quero que passeies por Luanda. Escuta as conversas. Ouve o que dizem as pessoas sobre os portugueses, sobre as tropas, sobre o nosso reino do Bailundo.

— Não falo a língua dos brancos — lembrou Dumbila. — Nem sequer falo a língua de Luanda.

— Não te preocupes. Depressa aprenderás essas línguas.

Lucrécia recebeu-a em sua casa. Ali, encontrou Nga Xixiquinha riá Caxongo, que gostava de passear com ela pela cidade e lhe traduzia as falas das pessoas. Ao fim de seis meses, conforme Henjengo previra, já compreendia bem não só o quimbundo, mas também o português.

3

No Bailundo, Henjengo pediu novo favor a Jan. Precisava que ele viajasse até a Colônia do Cabo, à frente de uma segunda embaixada da nação ovimbundo, e ali se reunisse com o governador inglês. Deveria mostrar aos britânicos o acordo estabelecido com os portugueses, reconhecendo a independência do Reino do Bailundo, e pedir-lhes que fizessem o mesmo. Em contrapartida, o Reino do Bailundo comprometer-se-ia a acolher missionários ingleses, canadianos e norte-americanos, aprofundando a relação já existente. O Reino do Bailundo estaria também disposto a enviar guerreiros seus, para combater ao lado dos ingleses contra os bôeres, caso fosse necessário. Esperava, da mesma forma, que os ingleses apoiassem o reino, se os portugueses traíssem o tratado estabelecido.

Jan recusou, horrorizado:

— Não posso fazer isso, irmão. Preciso voltar para Luanda, para a minha mulher, que está grávida. Além do mais como faríamos para alcançar a Cidade do Cabo? O mais rápido seria apanhar um barco em Benguela, mas as autoridades portuguesas nunca permitiriam isso...

— Por que não?

— Por que não?! Porque já me conhecem, conhecem o meu nome. Desconfiariam das nossas intenções. E a última coisa que eles querem, com toda a certeza, é que nos aproximemos dos ingleses.

— Pensei o mesmo, mas queria ouvir a tua opinião. E se vocês forem por terra?

— Por terra?! Por terra são uns bons três mil quilômetros! Metade através do deserto, com o risco permanente de encontrarmos bôeres...
— E tu não és bôer? — troçou Henjengo. — A tua mamã era bôer. Então, se te interpelarem, dás o teu nome bôer. Falas com eles, na vossa língua de trapos...
— Eu não sou bôer! Não falo a língua deles, nem uma palavra, como tu sabes muito bem. Se tivéssemos sorte, se ninguém nos assassinasse pelo caminho, a tiro ou a flechada, levaríamos pelo menos três meses para chegar à Cidade do Cabo...
— Três meses é demasiado tempo...
— Sobretudo para mim. Quando voltasse a Luanda, o meu filho, ou filha... Lucrécia jura que é uma menina... Já teria nascido. Já estaria a andar, talvez a falar, provavelmente até já teria filhos!

Henjengo riu-se. Sabia que tendo levado o amigo a imaginar o percurso mais demorado, lhe seria agora muito mais fácil convencê-lo a aceitar o primeiro. Disse-lhe que um dos missionários americanos concordara em integrar a embaixada; e que ele, Jan, iria disfarçado de colega dele, com documentos falsos e o argumento de que seguiam para a Cidade do Cabo com o objetivo de apanharem um navio com destino a Nova Iorque. Levaria também papéis autênticos, entre os quais uma carta dele, do rei do Bailundo, dando-o como autorizado a assinar um tratado com os ingleses em seu nome. Jan olhou-o, vencido:
— Pensaste em tudo, então?

Henjengo sorriu:
— Pensei em tudo. Um rei tem de pensar em tudo. Concluída a tua missão apanhas um barco, não para Nova Iorque, mas para Luanda. Daqui a três meses, no máximo, estarás nos braços da tua mulher.

Quinze dias mais tarde, Jan achava-se a bordo de um navio britânico, na companhia de John McMahon, o velho missionário com quem Henjengo escrevera um dicionário de inglês-umbundo. Apesar da idade avançada, McMahon emanava energia, bom humor e uma contagiosa paixão pela vida. Dirigia-se a Jan sempre em inglês, fazendo questão de o tratar por Samuel — o nome suposto do falso missionário —, mesmo quando estavam sozinhos. Assim, quando desembarcaram na Cidade do Cabo, Jan já se sentia um pouco missionário, já se sentia um pouco americano, já se sentia um pouco Samuel. Kapitango completava a embaixada, interpretando o papel de guia, caçador e intérprete.

John McMahon correspondia-se não apenas com outros missionários, em várias regiões de África, mas também com linguistas e africanistas. Graças a essa complexa rede de amizades, não foi difícil chegarem à fala com as autoridades locais. Apenas três dias após terem desembarcado, um jovem tenente recebeu-os numa pequena sala da Câmara Municipal. Escutou-os, primeiro com um sorriso trocista, depois com curiosidade, a seguir com mal disfarçado espanto. Na manhã imediata, na mesma sala, aguardava-os um capitão, o tenente do dia anterior e um sujeito miúdo, apagado, de olhos absortos, que se apresentou como sendo o secretário pessoal de Sir Gordon Sprigg, primeiro-ministro da Cidade do Cabo. Sprigg ouviu-os, estudou cuidadosamente o tratado estabelecido entre Portugal e o Reino do Bailundo, deixou escapar um "extraordinário! Extraordinário!", e só então, como se cumprisse um doloroso dever, os levou dali até um amplo gabinete, onde os aguardava Alfred Milner, governador da Colônia do Cabo. O primeiro-ministro estendeu-lhe o tratado:

— É autêntico, excelência!

Milner encarou Jan:

— E o cavalheiro... O senhor é?

— Jan Pinto...

— Informaram-me que o senhor Jan Pinto tem documentos que o dão como embaixador do rei do Bailundo, é certo isso?!

— Exatamente!

— Exatamente?! — Milner sorriu. — E estes senhores?

— O senhor John McMahon é missionário, de nacionalidade norte-americana, estabelecido há longos anos no Reino do Bailundo. O senhor Kapitango é o nosso Ministro da Guerra...

— Ministro da Guerra?! Muito bem, quanta honra — disse, num tom trocista. — Sentem-se... Sentem-se... Ouvi falar das espantosas vitórias do rei do Bailundo contra as tropas portuguesas. Aqui, nesta nossa Cidade do Cabo, a derrota dos portugueses trouxe alguma inquietação. Uma certa alegria também, porque entre as tropas portuguesas havia muitos combatentes bôeres...

— Sim, havia...

— E o senhor combateu ao lado dos... Dos africanos?
— Não, excelência, sou tenente do exército português...
— É tenente do exército português?!
— Fui... Mas nasci no Bailundo...
— Filho de colonos portugueses? O senhor não parece português...

Kapitango, que compreendia um pouco de inglês, ergueu a mão direita — uma mão enorme, pesada e desafiadora:

— Jan é da nossa nação — anunciou em umbundo com uma voz rouca, tão desafiadora quanto a mão que mantinha erguida. — Foi nascido das terras do Bailundo, é filho da montanha Halavala.

John McMahon inclinou-se para diante, pigarreou, e logo traduziu para inglês:

— O senhor Kapitango diz que o tenente Jan Pinto é ovimbundo. Diz que Jan é parte da nação ovimbundo.

— Ele diz isso?! Pois para mim continua sendo português. Um português branco, o que ainda me parece mais raro — murmurou o governador, escurecendo a voz. — E nós, no meu país, não gostamos de traidores...

Jan empalideceu. John McMahon, sentado ao lado dele, prendeu-lhe o braço com força, forçando-o a permanecer sentado. Com uma expressão grave, de venerável patriarca, de sábio antigo, explicou que Jan fora, muito menino, estudar para Lisboa. Nessa época, ainda o Reino do Bailundo, governado por Ekuikui II, mantinha excelentes relações com Portugal. Mais tarde, Jan regressara a Angola, cumprindo ordens do Ministro da Guerra de Portugal, para tentar compreender e mediar o conflito que opunha o novo monarca, Mutu-ya-Kevela, a alguns comerciantes portugueses. Contra sua vontade, o jovem tenente terminara incluído numa das colunas punitivas, que haviam subido de Benguela para o Bailundo. Nunca disparara um tiro contra os guerreiros ovimbundos.

Alfred Milner olhou-os aos três, num silêncio agreste e demorado. Por fim, enrolando o bigode, assegurou que comunicaria aos seus superiores as pretensões de Henjengo. A ele, pareciam-lhe justas; se os portugueses haviam reconhecido as fronteiras do Reino do Bailundo, não seriam os britânicos a contestá-las.

Menos de uma semana após este encontro a embaixada do Reino do Bailundo embarcava de regresso a Benguela. Ali, Jan despediu-se de Kapitango e de John McMahon, prosseguindo viagem para Luanda.

4

Dumbila ensinou Irene a dissolver-se na noite, de forma a que ninguém a visse.

— Para te confundires com a noite, para te tornares invisível, tens de começar por abandonar a arrogância — disse-lhe. — Tens de aprender a despojar-te do ruído e das arestas. Tens de deixar que a noite entre dentro de ti, como a água entra nos peixes.

Contou-lhe que, no tempo do rei Kalandula, comandara um grupo de guerreiras, recrutadas entre meninas cegas de nascença. Kapitango despertara uma noite, terrivelmente assustado, sonhando que combatia contra soldados invisíveis. Muitos quimbandas afirmavam ser capazes de encantar guerreiros, de forma a que ninguém os conseguisse enxergar no decurso das batalhas. Infelizmente, como depressa Kapitango descobriu, a invisibilidade requer mais do que convicção. Naquela noite, estendido na sua esteira, o Ministro da Guerra do Bailundo teve uma epifania. Na manhã seguinte, deu instruções para que trouxessem à sua presença todas as meninas cegas das aldeias vizinhas. Selecionou vinte, entre aquelas que lhe pareceram mais inteligentes, mais corajosas e melhor adaptadas à vida na escuridão. Entregou-as depois a Dumbila, que as ensinou a deslizar pelas trevas, como se fizessem parte delas. Ensinou-as também a comunicar umas com as outras, servindo-se dos cantos e piares de aves noturnas. As meninas infiltravam-se nos quimbos e acampamentos inimigos, completamente nuas, armadas apenas com lâminas afiadas. Degolavam as sentinelas e os guerreiros adormecidos — e regressavam a casa.

— Éramos como uma noite castigadora — soprou Dumbila. — Assim nos chamavam.

Irene empenhou-se tanto naqueles exercícios, mostrou tal entusiasmo, que ao fim de um mês já conseguia mover-se, a horas mortas, pelo velho sobrado da família sem que ninguém desse por ela. Divertia-se a pregar partidas amáveis ao pai e à irmã, entrando no quarto destes, a meio da noite, para lhes deixar sobre os lençóis bombons e ramos de flores. Mais tarde, ela e Dumbila começaram a planear jornadas noturnas, chegando a assaltar casas de vizinhos, e até um quartel da polícia, apenas para testarem a sua invisibilidade, ou, como escreveu a minha tia-avó num dos seus diários, "porque nada dá tanto prazer a uma alma pura e burguesa quanto a subversão" (Ah, como eu concordo com ela!).

As duas moças tornaram-se inseparáveis. Irene começou a levá-la às rodas de rebita, aos bródios e às festas de quintal, onde, vestidas ambas com os panos tradicionais das bessanganas, faziam enorme sucesso junto dos rapazes. Dumbila, contudo, não demonstrava particular interesse por homens. Preferia ficar no sobrado, nas tardes de sábado, dançando na varanda com Irene. O velho Vicente mandara vir de Lisboa uma enorme e pesada vitrola. Davam corda ao aparelho, colocavam nele um disco de valsas, e depois Irene ensinava-lhe como se mover dentro daquela solidão espantosa.

— Eu sou o cavalheiro! — comandava Irene. — Tu tens de me seguir...

As gargalhadas das duas afugentavam os pássaros. Certa ocasião, ao emergir de uma das suas sestas, cada vez mais profundas, cada vez mais demoradas, Nga Xixiquinha surpreendeu-as num abraço apertado. Irene tinha o rosto afundado no ombro de Dumbila, entre a exuberante cabeleira dela, enquanto a espia de Henjengo, com os olhos fechados, deixava que a noite a completasse — como os peixes fazem com a água. Uma valsa eterna rodopiava no ar.

— Isso assim não pode ser — disse a velha senhora em quimbundo. E logo, no seu umbundo remoto e um pouco trôpego, atirou-se contra Dumbila. — A senhora pode ir arrumando as suas imbambas. Direi a Lucrécia o que acabo de ver...

Não disse — nunca disse! —, porque naquele desconcertado instante se ouviu, vindo do primeiro andar, um súbito grito de espanto, de medo, de alegria, e era Lucrécia alertando que se lhe rompiam as águas. Irene soltou-se dos braços de Dumbila e correu para dentro, logo seguida por Nga Xixiquinha. A parteira chegou quinze minutos depois. Chamava-se Lili e era uma mulher redonda, de gestos vagarosos, olhos sonhadores e um sorriso perpétuo, que tinha o condão de sossegar até as grávidas mais ansiosas. Mandou que colocassem numa panela com água uma navalha afiada, com cabo de marfim, que era, para além das mãos, o seu principal instrumento de trabalho. Ordenou que fervessem a água. Colocou Lucrécia de cócoras, na cama, segurando uma corda presa a um gancho. Passou-lhe as lentas mãos pelo ventre dilatado, de cima para baixo, uma e outra vez. Apalpou, com cuidado, a cabecinha do bebê.

— É agora!

A criança saltou-lhe para os braços. A parteira prendeu o cordão com uma mola; sentiu-o pulsar. Deixou que o cordão morresse e então cortou-o com a navalha. Ergueu o bebê em triunfo diante dos olhos lívidos da mãe.

— É um menino! — anunciou.

— Não pode ser! — contestou Lucrécia.

— Não pode ser! — ecoou Irene. — Eu vi que dentro dela havia uma menina.

A parteira encolheu os ombros roliços, numa indiferença alegre:

— É um menino! Espero que ao menos o pai fique feliz...

O pai, Jan, chegou nessa mesma noite. Vinha exausto, suado e febril. Ficou eufórico ao saber do nascimento do filho. Ajoelhou-se junto à cama onde Lucrécia repousava e pediu-lhe perdão por haver demorado tanto tempo. Queria ter estado ali, com ela, no momento do parto. A mulher sorriu:

— Não teria feito grande diferença — disse. — O parto é um assunto de mulheres.

— Que nome lhe vamos dar? — perguntou Jan, segurando o filho nos braços.

— Achei que seria uma menina. Pensei em vários nomes para uma menina, não para um menino. Escolhe tu...

— Pode ficar Mateus, como o meu irmão mais velho?

Lucrécia concordou. Simpatizara com o cunhado, e sentia-se arrependida da forma como saíra às pressas (e aos gritos) da casa da família

Pinto. Jan disse-lhe que o irmão sempre o amara e protegera. Fora visitá-lo, na ombala real, horas antes dele partir para Benguela, e de Benguela para a Cidade do Cabo, à frente da pequena embaixada do Reino do Bailundo. Na hora da despedida, Mateus entregara-lhe uma avultada soma de dinheiro, para o ajudar a comprar casa em Luanda e a recomeçar a vida.

— O meu pai também se dispôs a ajudar-nos — disse-lhe Lucrécia.
— Ele gostaria que tu tomasses conta dos negócios. Temos uma fazenda, no Golungo-Alto, que produz café. Além de várias propriedades em Luanda e no Rio de Janeiro...

Jan olhou-a, chocado:
— Uma fazenda?! Não entendo nada de café...
— Eu ajudo-te.

O marido não soube o que responder. Crescera no seio de uma instituição forte, tutelar, que vigiava cada um dos seus gestos e determinava todos os aspectos da sua vida. Nunca se imaginara fora do exército. Agora sentia-se livre, mas também órfão. Enternecida por o ver tão frágil, tão desvalido, Lucrécia estreitou a mão dele entre as suas.

— Não te preocupes, amor. Agora começa uma nova aventura, mas estamos juntos nela.

Dizia aquilo, tentando exibir uma força que não sentia. O parto esgotara-a. Recuperou um pouco, nas semanas seguintes, mas tiveram de contratar uma ama para amamentar e cuidar da criança.

Compraram uma casa de dois andares, sólida, burguesa, não muito longe do sobrado da família Van-Dunem. Cederam o andar de baixo a Luís Gomes Mambo, que ali instalou a sua loja de fotografia. Jan passava muitas horas ajudando o amigo, e conversando. Pouco se ocupava da fazenda, ou da gestão das propriedades, deixando esse trabalho para o sogro ou para a esposa. O resto do tempo ocupava-o redigindo uma "História do Reino do Bailundo" — que, infelizmente, nunca concluiu.

Jan ia sabendo notícias de Henjengo através de emissários, que, regra geral, batiam primeiro à porta da casa da família Van-Dunem, para conversar com Dumbila. A mulher levava-os depois à casa de Jan. Este sentava-se com eles no quintal, bebendo kissângua fresca, fumando e conversando, trocando informações e debatendo estratégias políticas e diplomáticas.

Os ingleses haviam enviado para o Bailundo um grupo de oficiais, disfarçados de missionários, que estavam treinando os soldados de Kapitango no manejo de armas de fogo e em modernas táticas de guerra. Ao mesmo tempo, Henjengo vinha tentando atrair comerciantes portugueses, baixando os impostos e assegurando proteção a eles.

5

Lucrécia sonhava em ter muitos filhos. Ficou feliz quando Irene nasceu, porque passou a ter uma bebê de carne e osso para brincar, ao invés de inertes bonecas de pano. Quando, anos mais tarde, Dona Caetana desapareceu, já ela era a verdadeira mãe da irmã.

A gravidez, porém, não decorreu como imaginara. Primeiro, devido à ausência de Jan. Achou que o teria sempre por perto, cercando-a de carinhos e de cuidados. Mas o marido não estava lá quando ela vomitou pela primeira vez. Não estava lá quando acordou, a meio da noite, achando que a criança, dentro dela, havia morrido. Não estava lá quando, desesperada, se entregou às mãos gordas de Dona Lili, a parteira.

Além disso, se a gravidez fora um horror, fazendo com que pela primeira vez se sentisse feia, os dias após o parto haviam sido ainda piores. Jan regressara, é verdade, e, sim, cercara-a de cuidados e de mimos; contudo, não conseguia sentir-se mãe da pequena criatura que gerara e que se agarrava ao seu peito, ávida, e lhe roubava o fôlego e a alegria.

Jan contratou uma ama de leite. Nunca a recriminou. Ainda assim, Lucrécia sentia que o desiludira. Pior, sentia que falhara para com o bebê. Durante as primeiras semanas nem conseguia referir-se a ele pelo nome, Mateus. Dizia apenas: o bebê.

Adoeceu, e também a doença lhe parecia uma traição para com Jan e Mateus. Entrou num ciclo de infelicidade. Quanto mais doente, mais se martirizava, e quanto mais se martirizava, mais doente se sentia.

6

Nos últimos dias de setembro de 1904 começam a chegar a Luanda as notícias, primeiro fantasiosas, fragmentadas, desordenadas, depois cada vez mais detalhadas e assustadoras, de uma nova derrota do exército português.

No extremo sul de Angola, numa localidade chamada Pembe, junto ao rio Cunene, uma coluna composta por quinhentos soldados, bem armados, sob o comando do capitão Luís Pinto de Almeida, fora atacada por guerreiros cuamatos, às ordens do rei Oshieteka. O combate resultara na morte de duzentos e cinquenta soldados portugueses, entre os quais dezesseis oficiais — incluindo Luís Pinto de Almeida e o jovem tenente de marinha João de Faria Machado Pinto Roby de Miranda Pereira, nascido no seio de uma família aristocrata, muito antiga, do norte de Portugal, e herói das guerras de Moçambique.

Em meados de outubro, manhã cedo, um tenente entrou na loja de fotografia, onde Jan e Luís Gomes Mambo se encontravam, tomando café, fumando e lendo os jornais do dia. O tenente vinha acompanhado de dois soldados, armados com espingardas.

— Estou preso? — perguntou Jan.

— Não, senhor, fique tranquilo. O governador solicita a sua presença. Quer conversar consigo sobre o recente desaire militar...

— Derrota... Quer conversar sobre a derrota das tropas portuguesas no vau do Pembe, é isso?

O outro olhou-o com ódio:

— Por mim, levava-o preso, mas não são essas as instruções que me deram...

Luís insistiu em acompanhar o grupo. Porém o amigo dissuadiu-o. Pediu-lhe para aguardar ali, informando Lucrécia apenas no caso de ele não retornar nas próximas três horas. O governador Norberto Monteiro recebeu-o no seu gabinete, no palácio, na companhia de dois militares que Jan nunca antes vira. Monteiro estava pálido, abatido, com olheiras fundas, que o envelheciam de uma forma estranhamente perturbadora. Apresentou-lhe os militares. O mais alto, o capitão Artur de Morais, afável, com a pele muito tisnada, estivera no Cunene e participara na batalha, comandando o comboio de abastecimentos, que incluía quarenta carros bôeres. A pesada derrota, o sofrimento físico, a tristeza de ter visto morrer tantos companheiros e amigos, nada disso fora capaz de lhe destruir o sorriso. O bigode loiro, encerado, com as pontas reviradas para cima, ajudava a compor uma imagem de alegre determinação. O mais baixo, também ele capitão, chamava-se Adolfo Miranda, e era o oposto do primeiro, triste, severo e sombrio.

— Imagino o motivo por que os cavalheiros me chamaram aqui — atirou Jan, logo depois dos cumprimentos, sem procurar esconder a irritação. — Querem saber se Henjengo teve alguma coisa a ver com o sucedido no Cunene. Pois não teve!

— Não teve, sabemos que não teve — concordou o governador. — Mal seria. O desastre do vau do Pembe explica-se por um conjunto de erros táticos, da nossa parte...

— Um conjunto de erros táticos, de erros trágicos — acrescentou Artur de Morais. — E o pior desses erros chama-se arrogância. Fomos derrotados porque nos julgávamos invencíveis...

Jan olhou-o com interesse, quase com simpatia:

— Sim, senhor capitão, concordo consigo... Posso então saber por que me chamaram? Eu já não sou militar...

O governador indicou-lhe uma cadeira. Sentaram-se todos.

— Como está o seu amigo, o soba Henjengo? — perguntou o governador.

— O meu amigo, o rei do Bailundo, passa muito bem. Vem governando o seu reino em paz e em harmonia, com menos problemas do que os senhores enfrentam tentando governar Angola...

— Tem razão. Também nisso tem razão. Sabemos que se encontra periodicamente com emissários do soba Henjengo. Aqui mesmo, nesta nossa cidade...

— E não o posso fazer?

— Pode, pode, não temos nada contra. Afinal de contas vossa excelência é uma espécie de embaixador do Reino do Bailundo. Por isso o chamamos aqui.

Jan inclinou-se na direção do governador, tenso e atento:

— Para quê?

— Para que fale com o seu amigo, o rei Henjengo... Que é também nosso amigo... Recordo-lhe que assinamos um tratado de reconhecimento de fronteiras e de apoio mútuo...

— Desculpe, estão a pedir o apoio do rei Henjengo para combater os cuamatos?

— Sim, veríamos com agrado a possibilidade de o rei Henjengo enviar um grupo dos seus guerreiros para apoiar as nossas forças...

Quando, ao final da manhã, Jan regressou à loja de fotografia, trazia no rosto rugas de perplexidade e de preocupação. Sentou-se, aceitou um copo de aguardente que o amigo lhe estendeu, provou-o, e só então desabafou com uma voz ausente:

— Aqueles gajos endoideceram, os filhos da puta...

Luís estranhou o calão, os palavrões, que nunca antes escutara ao antigo tenente. Estranhou ainda mais o brusco cansaço dele:

— Então companheiro, o que querem os mabecos?...

— Querem que eu convença o Henjengo a juntar-se à próxima expedição contra os cuamatos...

— E é isso ou...

— Ou dificultam-me a vida...

Na semana seguinte, Jan viajou de novo para o Bailundo. Não sabia, não tinha como saber, mas aquela seria a última vez que veria a terra natal, a última vez que veria o irmão mais velho, Mateus, a última vez que veria Henjengo. O rei do Bailundo pareceu-lhe maior, mais sólido, mais vivo e mais desperto do que nunca.

— O poder faz-te bem — disse-lhe Jan. — É como se tivesses voltado a nascer.

— O poder desgasta — contestou Henjengo. — O que me faz bem é o

espírito de missão. Um homem acorda quando encontra o seu destino. Um homem sem um destino é como um sonâmbulo, que caminhasse pela vida adormecido. Não vale nada. E tu, irmão, qual é o teu destino?
Jan olhou-o, assustado:
— O meu destino é proteger a minha mulher e o meu filho.
Henjengo pousou-lhe a mão no ombro, num gesto que pretendia ser de conforto, mas que pareceu a Jan de piedade, e implorou-lhe que voltasse para o Bailundo, com a mulher e o filho, pois o seu destino estava ali mesmo. Jan não respondeu. No íntimo, concordava com o soma-inene. Três dias mais tarde despediram-se com um prolongado abraço.
Como escrevi atrás, Jan não sabia que aquele seria o último abraço que trocaria com o amigo; Henjengo talvez soubesse. Afinal de contas Henjengo era Henjengo — o Mestre dos Batuques, o soma-inene, um grande quimbandeiro.

7

Em Luanda, ao desembarcar, Jan encontrou à sua espera Luís Gomes Mambo. Bastou-lhe ver, ao longe, o rosto angustiado do amigo para perceber que alguma coisa de muito grave acontecera.

— Foi o menino? — perguntou.

— Não — disse Luís. — É a tua mulher. Está no hospital.

Jan entregou a bagagem a um carregador, com indicações para que a deixasse no sobrado da família Van-Dunem, e correram para o hospital, na cidade alta. Há largos meses, desde o nascimento do menino, que Lucrécia não se sentia bem. Emagrecera, tossia, passava a maior parte do tempo deitada na cama, no seu quarto, ou estendida numa rede, na varanda, esforçando-se por ler e costurar. Pouco depois de Jan ter viajado para o Bailundo, saiu da cama, a meio da noite, talvez para pedir ajuda, tropeçou, e só a encontraram na manhã seguinte — ainda inanimada. Foi quando a levaram para o hospital.

O Hospital Maria Pia foi construído entre 1865 e 1883 sobre as ruínas do antigo convento de São José, e este sobre os escombros do Hospital Real, e aquele sobre as memórias e os fantasmas da Santa Casa de Misericórdia, erguida em 1628 para tratar os marinheiros que sofriam do "mal de Luanda" (escorbuto). É um edifício imenso, com vários corpos separados por pátios ajardinados, e uma fachada neoclássica, que lhe dá a ilusória aparência de um palácio. Nos primeiros anos do século XX atendia toda a população da cidade, europeus e africanos, ricos e pobres, embora os primeiros, ou seja, os brancos endinheirados, tivessem uma ala para o seu uso exclusivo. Lucrécia ocupava um quarto particular, sem luxos, porém confortável, na ala dos brancos endinheirados.

Quando Jan entrou no quarto, viu-a sentada na cama, as costas apoiadas a um largo almofadão e teve dificuldade em reconhecê-la. A esposa apagara-se. No rosto magro, os olhos eram baços e parados. Ao vê-lo, ergueu uma mão fatigada:

— Não, marido! Não quero que me vejas assim...

Jan correu para ela, estreitando-a num forte abraço. Choraram no ombro um do outro, o homem em largos soluços, ela mansamente; ele aterrorizado com a ideia de a perder, e ela com pena dele.

Um médico jovem, de monóculo no olho direito, muito pálido, muito sisudo, aguardava-o no corredor. Disse-lhe aquilo que Jan já sabia. Lucrécia contraíra tuberculose, ou tísica, como muitos dos seus colegas mais velhos ainda insistiam em dizer. Tinha os pulmões bastante comprometidos, vinha perdendo sangue e enfraquecendo dia após dia.

— O que posso fazer? — perguntou Jan. — A minha mulher é jovem, foi sempre forte, saudável, alguma coisa deve ser possível fazer para a salvar...

O médico disse-lhe que na cidade de Görbersdorf, na Prússia, funcionava um dos melhores sanatórios do mundo. O ar das montanhas, limpo e gelado, juntamente com a alimentação apropriada, os medicamentos adequados e alguns exercícios físicos leves, certamente lhe faria bem.

— Se ela fosse minha irmã, e eu tivesse meios para isso, era o que faria. Ora, o senhor e sua família dispõem de vastíssimos recursos financeiros, estou certo?

Vastíssimos recursos financeiros era um exagero. Contudo, quando, nessa mesma noite, Jan lhe falou no Sanatório de Görbersdorf, Vicente concordou sem hesitação. O casal que não se preocupasse com o dinheiro. Lembrou que dali a cinco dias sairia de Luanda um vapor, o *Orage*, com destino a Marselha. Ele próprio trataria de reservar um lugar no melhor camarote. Uma vez em Marselha seguiriam por terra até a Alemanha. Parecia-lhe, contudo, uma viagem longa e cansativa para qualquer pessoa; muito pior seria para alguém doente. Disse tudo isto com uma firmeza que nos últimos tempos lhe vinha faltando. O velho comerciante emagrecera, definhara, entristecera.

— Gostaria de vos acompanhar...

Irene dissuadiu-o com um grito:

— Não, pai! Tu ficas comigo. Primeiro, porque eu sou a filha mais nova, a filha solteira, e preciso muito de ti. Segundo, porque o Jan não casou com a mana e contigo. Casou só com ela.

— E o menino? — perguntou Jan.

— Mateus fica conosco, é óbvio — determinou Irene. — Nem vale a pena discutir.

Na manhã seguinte, Jan reuniu-se com o governador. Assegurou-lhe que Henjengo recebera a notícia do desastre do vau do Pembe com profunda mágoa e consternação, que se mostrara solidário com os portugueses e que estudara a possibilidade de juntar guerreiros seus a uma futura expedição punitiva. Infelizmente, tal não seria possível. Alcançada a paz com Portugal, os guerreiros ovimbundos haviam retornado à vida de todos os dias, uns trabalhando a terra, outros caçando e pescando nos rios, e outros ainda viajando e comerciando. Apenas uns poucos vigiavam as fronteiras do reino.

A reação de Henjengo fora, na realidade, muito diversa. Rira-se às gargalhadas da proposta dos portugueses. Não pretendia combater contra os cuamatos, que viviam para além do deserto, e não constituíam ameaça. A derrota das tropas de sua majestade, o rei D. Carlos, trazia-lhe algum sossego. Por um lado, era reveladora da fraqueza delas; por outro, como explicou a Jan, sempre sorrindo, enquanto os leões combatem contra as hienas, as gazelas repousam.

O governador escutou Jan, fingindo um desapontamento que, no fundo, não sentia. Nunca fora favorável à participação de soldados africanos nas campanhas de pacificação. Não confiava na lealdade desses soldados, mesmo daqueles que sempre haviam combatido ao lado de Portugal. Muito menos confiaria em alguém como Henjengo. Preferia tê-lo cercado e vigiado. Assim, deixou que Jan terminasse, e então, levantou-se, estendeu-lhe a mão e perguntou-lhe pela esposa. Lamentava a doença de Lucrécia e desejava-lhe uma rápida recuperação. Voltariam a falar, ele e o tenente (disse assim mesmo, tenente, olhando-o nos olhos, como se lhe pedisse desculpa), quando o casal regressasse.

8

O *Orage* era um navio de médio porte, com dois mastros, de três panos cada, e uma enorme chaminé branca ao centro. Dispunha de vinte cabines, três delas de primeira classe, espaçosas, embora baixas, equipadas com todos os luxos e iluminadas a luz elétrica.

Jan e Lucrécia ocuparam uma das cabinas de primeira classe, situadas na proa do navio. Na cabine à frente viajava um casal inglês, que embarcara na Cidade do Cabo, com destino a Gibraltar. Na cabine atrás, vinha um homem muito alto, muito magro, ao qual Lucrécia chamava, brincando, "o assassino". Isto porque o viram subir a bordo com o rosto meio escondido atrás da aba de um chapéu largo e três enormes malas e um baú, que um criado javanês, muito elegante, muito bem fardado, arrastava num carrinho. Em determinada altura o baú caiu, abrira-se, e de dentro dele saltara uma caveira, limpa, branca, que rolara pelas tábuas do convés, assustando os passageiros.

— Outro que viaja com a esposa — soprou Lucrécia, apontando a caveira. — Mas ela está em pior estado do que eu.

Aquelas pequenas graças, os sorrisos, as gargalhadas tímidas, animavam Jan, que via nelas sinais promissores de amor à vida, de resistência, e até de recuperação.

— Fico feliz quando te ris — disse-lhe.

Estavam na cabine, sentados na cama, um ao lado do outro. Lucrécia voltou-se para ele, segurando-lhe a cabeça entre as frágeis mãos:

— Quero que te lembres de mim a rir. Não assim, como estou agora, sempre a tossir...

Mal terminou de falar foi sacudida por novo ataque de tosse. Jan estendeu-lhe um lenço branco. Aguardou que a mulher acalmasse um pouco, e então descalçou-a, ajudou-a a despir o vestido e a vestir uma camisola de dormir. Aqueceu água numa chaleira elétrica, um dos muitos luxos da cabine. Depois, colocou na água um saquinho com folhas secas, que Luís Gomes Mambo preparara.

— Isto vai ajudar-te a dormir...

Ajudava sempre. Graças aos chás de Luís, Lucrécia conseguia dormir três ou quatro horas seguidas em cada noite. Jan aguardou que ela terminasse de beber, e depois sentou-se num cadeirão de couro, diante da cama, com um livro nas mãos.

— Lembras-te deste livro?

— Claro, foi por causa dele que me interessei por ti.

Era *A Relíquia* de Eça de Queirós. Jan começou a lê-lo em voz alta, pausada, até que Lucrécia adormeceu. Então, levantou-se, pousou o livro na mesa de cabeceira, abriu a porta e saiu do quarto. Atravessou o corredor. No convés, não encontrou ninguém. Encostou-se à amurada e acendeu um cigarro. A lua, em quarto crescente, lançava uma claridade fria sobre a massa crespa e escura do mar. Pensava n'*O Mandarim*, outro título de Eça, no qual Mefistófeles se materializa diante dos olhos assombrados de um jovem amanuense, Teodoro, para lhe propor um pacto: o rapaz deverá agitar uma campainha. O gesto simples, nada dramático, matará um mandarim na distante China. Com esse assassinato preguiçoso, Teodoro herdará a imensa fortuna do mandarim — e, claro, perderá a alma. A ele, Jan, convinha-lhe uma campainha inversa, ou seja, uma que devolvesse a saúde à esposa, que lhe devolvesse a vida. Por ela, sem hesitar, entregaria a alma ao diabo.

O som de passos fortes, seguros, interrompeu-lhe os pensamentos. Viu aproximar-se o homem a quem Lucrécia chamava, troçando, "o assassino". Assim, visto de perto, o sujeito parecia ainda mais alto. Dessa vez trazia a cabeça a descoberto. Tinha um rosto esculpido a faca, para usar uma expressão muito gasta, mas nem por isso menos expressiva. Sorriu-lhe, com um sorriso franco e iluminado:

— Marcus Brent. Sou médico. Como estou mesmo ao lado da vossa cabine, não pude deixar de escutar a tosse da senhora sua esposa. Ela não me parece nada bem...

— Sim, estamos a caminho da Alemanha. Vamos para Görbersdorf...

— O sanatório... Já lá estive... É um belo lugar para morrer. — Assim que terminou de dizer isto reparou no olhar assustado de Jan. — Não se preocupe, os médicos são excelentes, as condições também. E, claro, tem a paisagem. Alguns doentes recuperam-se só de olhar a paisagem... Durante a viagem podem sempre contar comigo. Estou inteiramente ao vosso dispor.

Jan apresentou-se. Disse-lhe que fora militar. Abandonara o exército português com o posto de tenente.

— E agora? — quis saber o médico.

— Agora sou marido.

Na manhã seguinte, contou a Lucrécia que conversara com "o assassino". A mulher estava estendida, nua, numa grande banheira de ferro esmaltado, que um elegante biombo chinês separava do resto da cabine. A banheira tinha água corrente, quente e fria, algo que nenhum deles vira antes e os maravilhava. Jan, sentado num pequeno banco, lavava-lhe o cabelo.

— Poderia fazer isto a vida inteira...

— Lavar-me o cabelo?

— Sim, acho que é aquilo que melhor faço na vida...

— Tens algum talento, sim... Mas diz-me... O assassino. Viste-lhe o rosto?

— Vi. Não trazia chapéu.

— E é bonito, o nosso assassino?

— Tem um sorriso bonito.

— Então é bonito. Nem há nada mais bonito do que um sorriso bonito. E o que te disse ele de mim? Disse-te que vou morrer?

— Vamos todos morrer...

— Sim, vamos todos morrer, mas eu estou muito à frente de ti nessa corrida. O que é que tu achas que acontece?

Jan fechou os olhos, enquanto afundava os dedos no cabelo dela. Gostava de sentir a macieza dos fios, misturados com a água morna e o perfumado creme capilar (uma receita da velha Xixiquinha).

— O que eu acho que acontece?

— Quando morremos. O que acontece quando morremos? Eu fui educada por uma mãe católica, que fugiu com um amante, e por um pai meio ateu, meio panteísta. Nem sei se deixei de acreditar em Deus, ou se deixei de acreditar na minha mãe...

— Talvez seja a mesma coisa.

— Mas tu, em que acreditas tu? Nunca percebi...

— Não acredito em Deus. Mas também não acredito na morte.

— O que queres dizer?

— As pessoas inventaram Deus, esse Deus ridículo, com forma humana, porque a morte as aterroriza. Deus foi a forma que encontraram para refutar a evidência da morte.

— Dizes bem, a evidência da morte. Porque as pessoas morrem, não morrem? Tudo o que é vivo, morre.

— Morre?

— Morre!

— Talvez a morte seja uma ilusão, amor. Lembras-te do que te disse uma vez, lá no Bailundo? Acredito que nada se extingue. Cada instante permanece íntegro, preservado para sempre, embora fora da nossa percepção imediata. Se a morte for uma ilusão, então Deus há de ser uma redundância. Pode até existir alguma entidade, alguma força, responsável pela criação da vida, sim, mas não precisamos dela para apaziguar o medo da morte.

Lucrécia voltou-se, na banheira, de forma a ficar de frente para ele.

— Inventaste tudo isso para eu não ter tanto medo da morte, marido! Não foi?

— Não, não! É mesmo o que penso...

— Não tenho medo. Não tenho medo da morte porque tu existes.

Aquele estava sendo um dia bom. Lucrécia conseguira dormir mais do que o habitual, passara a manhã toda muito bem disposta, sentindo-se forte e desperta, e isso deixara-a tão animada que pedira ao marido para lhe lavar o cabelo. Queria vestir-se a preceito, perfumar-se, e ir com ele almoçar ao salão. Nos dias anteriores, haviam comido no quarto. Uma camareira, a mesma que limpava as cabines, trazia-lhes todas as refeições numa mesinha com rodas. Chamava-se Marcela, e era uma portuguesa miúda e alegre, que logo se afeiçoara a Lucrécia.

— Coitadinha da sua esposa, tão pretinha e tão doentinha — dissera a Jan, com lágrimas nos olhos.

Lucrécia mal provava a comida. Sorvia duas colheres de sopa. Mordia um pão. Para contentar o marido fingia comer um pouco de arroz. Naquele dia, contudo, prometeu que se sentaria à mesa, com os outros viajantes, e comeria tudo o que lhe servissem. Jan, eufórico, ajudou-a a vestir-se. Quando entraram no salão, de braço dado, rindo um com o outro, formou-se um súbito silêncio. O capitão ergueu-se, saudando-os com uma pequena vênia e convidando-os a ocupar duas cadeiras, diante dele. Marcus Brent também se levantou. Veio beijar a mão de Lucrécia, apertou calorosamente a de Jan.

— Minha senhora! Senhor tenente! Fico feliz em ver-vos!

O casal de ingleses, da cabine vizinha à dos angolanos, permaneceu sentado, ambos muito rígidos, muito irritados. Voltando-se para o capitão, a mulher sussurrou num inglês ríspido:

— Esta pessoa não devia estar aqui! É um perigo para a saúde pública! Tosse tão selvagemente que nem consigo dormir.

— É falso! — assegurou Marcus Brent, sem perder o sorriso e sem erguer a voz. — Estou na cabine contígua e não escuto nada.

O capitão tirou um pão de um cesto, e enquanto o partia e esfarelava, com gestos ferozes, disse que havia uma solução muito fácil para o desconforto do casal. Poderiam ocupar um quarto, que permanecia vago, junto à popa do navio.

— Na terceira classe?! — sibilou a mulher, com profundo horror. — Como é que o senhor ousa?

— Na terceira classe! — confirmou o capitão. — Podem ir organizando a vossa bagagem. Darei ordens a um marinheiro para transferir as malas para a vossa nova cabine.

O casal ergueu-se e saiu do salão, rangendo os dentes, no preciso instante em que surgiam os criados trazendo a sopa. O capitão soltou um largo suspiro. Sorriu, numa alegria sincera:

— Por favor, desculpem esta situação. As últimas refeições que tivemos aqui foram muitíssimo desagradáveis.

— Uma gentinha intolerável! — confirmou o médico. — Infelizmente, meus patrícios.

Lucrécia, que assistira perplexa e assustada à tensa troca de palavras, teve um acesso de tosse. Jan, pálido, ainda a tremer de cólera, passou-lhe um braço pelos ombros. Marcus Brent, sorrindo, muito calmo, tirou um frasquinho de dentro de uma mala e, abrindo-o, ofereceu-o à enferma:

— Coloque alguns grãos no seu copo, deixe que se dissolvam na água e beba tudo. Vai sentir-se melhor.

Decorridos poucos minutos, Lucrécia recuperou o fôlego e a boa disposição. Só então o capitão se apresentou:

— Chamo-me Simon Danan. A minha família é de Marrocos, mas eu estudei em França. Vivemos tempos infelizes. Na Europa e na América cresce o ódio contra todos os que aparentam alguma diferença de cor, de religião ou de cultura. Sendo parte da nação hebraica também eu me habituei a sofrer preconceito...

— Não receia que apresentem queixa contra si à companhia de navegação? — perguntou Jan.

— Sim, irão reclamar — reconheceu Simon. — Hão de pedir reembolso pela cabine, rugirão ameaças...

— Não se preocupe — disse Marcus. — O dono da companhia de navegação é uma figura muito distinta da comunidade israelita de Marrocos. É o pai do nosso capitão.

O resto da refeição decorreu sem sobressaltos, com o casal rindo de certos episódios ocorridos a bordo, que o capitão contava com graça e elegância, e das bizarras aventuras de Marcus Brent em África e na Ásia. Ao regressarem à cabine, Lucrecia sentia-se exausta, mas feliz:

— Obrigada, marido. Queria ter mais vidas para as viver todas contigo.

A partir dessa noite foi piorando sempre. Não voltou a sair da cabina. Todas as manhãs, Marcela trocava as fronhas das almofadas, manchadas de sangue, e as lavava às escondidas, receosa de que as colegas, ou a tripulação, se apercebessem do estado de saúde da luandense e forçassem o casal a desembarcar nalgum porto africano.

Na manhã em que o *Orage* aportou a Casablanca, Jan acordou com um raio de sol bailando nos lençóis. Escutou as vozes dos marinheiros preparando-se para a manobra. Há várias noites que quase não dormia, tentando conter os acessos de tosse de Lucrécia, ou, quando ela finalmente acalmava, suspenso do débil fio da sua respiração. Naquela noite, sim, dormira. Dormira profundamente.

Voltou-se e deu com o rosto rígido de Lucrécia. Tinha os olhos fechados e uma expressão serena. Jan beijou-lhe os lábios frios. Despiu-a. Lavou-lhe o corpo com uma toalha úmida. Vestiu-lhe o seu vestido preferido. Penteou-a e perfumou-a.

A seguir fez a barba, tomou um banho e envergou a sua farda de gala. Então preparou o chá com as folhas que Luís Gomes Mambo selecionara. Riu-se de leve, consigo próprio, lembrando a conversa com o amigo.

— Não vou fazer isso! — horrorizara-se o herbanário.

— Vais. Porque te estou a pedir, e porque sou o teu melhor amigo. Vais porque sabes que se não for assim, eu tentarei de outras formas...

— Não vou!

— Eu não posso viver sem a Lucrécia, Luís! Não posso!

— Podes. Tens um filho. O teu dever é cuidar do menino.

— Mateus tem quem cuide dele. Eu não consigo viver sem ela. Não consigo.

Por fim, Luís concordara. No cais, à despedida, enfiara-lhe um saquinho no bolso do casaco.

— Colocas as folhas numa chaleira com água muito quente. Podes adoçar com um pouco de mel. Aguarda uns cinco minutos antes de beberes.

Jan bebeu o chá. Era escuro, sedoso, com um leve travo a pitanga. Estendeu-se na cama, ao lado do cadáver da mulher, e deu-lhe a mão. Fechou os olhos, um pouco atordoado. Não sentia medo algum, nenhum arrependimento nem desconforto. Estava inteiro e em paz. O sol aquecia-lhe o peito. Lembrou-se da tarde em que vira Lucrécia pela primeira vez, em Lisboa, e, meses depois, ou anos depois, ou no instante seguinte, do sorriso dela, enquanto lhe falava sobre o Kimbanda das Borboletas e as borboletas gigantes. Coleciono lendas, dissera.

Coleciono lendas.

9

Vicente Van-Dunem sobreviveu seis meses à morte da filha e do genro. A velha Xixiquinha, nem isso. Certa noite, após adormecer o pequeno Mateus, Irene descobriu que estava sozinha no desolado sobrado da família. Sentou-se na sala de visitas, no cadeirão que pertencera ao pai, olhando os retratos dos avós. Diante dela desfilavam os Van-Dunem, os Vieira Dias, os Matoso da Câmara, velhas famílias de Luanda, que em algum momento se haviam encontrado. Histórias de amor, umas; outras de interesses e traições. Em qualquer caso, estava ali por causa de todas aquelas almas. Ela, Irene Van-Dunem, que, sem nunca ter conhecido homem, se tornara mãe de um menino curioso e inteligente.

Irene caiu num pranto violento. As lágrimas que não conseguira chorar no funeral da irmã e do cunhado, que não chorara na morte do pai, nem da velha Xixiquinha, chorou-as todas nessa noite. Dumbila encontrou-a de madrugada, trêmula de desgosto e de cansaço, o rosto inchado, os cabelos empastados e revoltos. Abraçou-a e levou-a para o seu quarto.

A relação entre as duas mulheres alimentou, durante décadas, olhares de perplexidade e troça, e comentários maldosos. Não era estranho, em Luanda, que duas amigas vivessem juntas, em particular se uma fosse empregada da outra. Naquele caso, contudo, as pessoas tinham enorme dificuldade em compreender o estatuto de Dumbila. A bailundina ajudava a cuidar da casa — mas não era uma criada; ajudava a criar Mateus — mas não era uma ama, como fora nga Xixiquinha. Tinha o seu próprio quarto, numa dependência externa, e contudo andava por todo o sobrado com a autoridade de uma proprietária, pondo e dispondo, e gritando instruções à criadagem. Ela e Irene circulavam de braço dado pela cidade. Iam juntas às festas, ao cinema, às praias, sempre rindo e brincando uma com a outra. Nunca se preocuparam em esclarecer a natureza da sua relação, ou o papel que cabia a Dumbila na economia doméstica. Atravessaram o século XX alheias ao escândalo, e indiferentes a todas as convenções sociais.

Mateus, o meu pai, cresceu no enorme casarão, amado e acarinhado por aquelas duas mulheres, a quem tratava às vezes por tias, outras por mães.

— Eu via as duas como mães — disse-me um dia, algures no início de 1983, quando ganhei coragem para o interrogar sobre relação entre Irene e Dumbila. — Na escola dizia que tinha duas mães. Os outros garotos faziam troça de mim, mas eu não me importava. Aprendi com elas a não prestar atenção às opiniões alheias.

Após falar com o meu pai, fui procurar Irene. Nessa época, ela estava quase a completar um século de vida. Continuava a residir no sobrado da família, que a mim me parecia uma espécie de relíquia, muito bem cuidada, sempre limpa e sempre fresca, entre os destroços de um passado que ninguém queria recordar. Não obstante os estragos do tempo, a minha tia-avó mantinha-se firme e direita. Fazia tudo sozinha. Lia muito. Correspondia-se com amigos, nos quatro cantos do mundo. Todos os dias, às cinco da tarde, recebia a visita de uma médica cubana, que, depois de lhe medir a tensão, a ensinava a falar espanhol. Riu-se da minha curiosidade:

— Queres saber se dormíamos juntas, eu e a Dumbila?

Eu mal completara vinte anos. A ideia de que a minha tia-avó pudesse ter mantido durante décadas, numa cidade provinciana e conservadora, um caso amoroso com outra mulher divertia-me e assustava-me. Irene disse-me que só ficara a conhecer a palavra lésbica poucos anos antes, já depois da morte de Dumbila.

— Eu não gostava de mulheres — assegurou-me. — Gostava dela, da Dumbila, e ela gostava de mim. Mas a Dumbila sempre teve muitos namorados. Seduzia os soldados, os marinheiros, rapazes que conhecia no mercado.

— E a tia?

— Eu?! Eu não, menina! Eu era uma mulher de respeito.

10

A construção do Caminho de Ferro de Benguela (CFB), no início do século XX, levantara violenta polêmica em Angola e em Portugal, por ser um empreendimento inglês. Em 1890, a Inglaterra dera três berros a Portugal, arruinando o sonho cor-de-rosa de uma imensa colônia africana, que iria de Luanda até a Ilha de Moçambique. O Ultimato Britânico esfriara as relações entre as duas potências coloniais. Contudo, como quase sempre acontece, o dinheiro falara mais alto. O CFB era o projeto mais ambicioso, e mais dispendioso, construído numa colônia portuguesa. À sua frente estava um engenheiro escocês chamado Robert Williams. Na sombra, financiando Williams, escondia-se um próspero homem de negócios, Cecil Rhodes, fundador da De Beers e autor de uma frase famosa: "Tão pouco tempo para tanto o que há para fazer". A ambição de Rhodes era colonizar e explorar o universo. Entristecia-o contemplar as estrelas, nas largas noites sul-africanas, e saber que nunca poderia extrair delas nem ouro nem diamantes.

Rhodes morreu em 1902, mas Robert Williams prosseguiu com o projeto. A companhia contratou, na Nigéria e no Senegal, sete mil trabalhadores especializados na construção de caminhos de ferro; da África do Sul, chegaram mais dois mil operários indianos, e as respectivas famílias, num contrato negociado por um jovem advogado do Gujarat, chamado Mohandas Karamchand Gandhi. A cidade de Benguela e a pequena localidade do Lobito encheram-se também de engenheiros ingleses.

Ao mesmo tempo que negociava com as autoridades portuguesas, em Lisboa, agitando maços de libras esterlinas, Robert Williams aproximou-se de Henjengo. Todos os topógrafos concordavam que, no esforço para alcançar o Catanga e as suas minas de cobre, o caminho de ferro teria de cruzar o planalto central.

Henjengo compreendeu a importância do projeto. Aquela era uma oportunidade única para que o Bailundo, o Huambo e o Bié voltassem a gozar de prosperidade econômica. Não se limitou a cobrar ao CFB uma elevada quantia pelo uso das suas terras e pela proteção do empreendimento. Exigiu também que a companhia contratasse mão de obra local, não só para o assentamento da linha, mas também para funções muito diversas, como intérpretes, cozinheiros e empregados domésticos. Finalmente, solicitou que o CFB se responsabilizasse pela formação de dezenas de jovens, para que se tornassem maquinistas e mecânicos.

Os ingleses construíram no Reino do Huambo uma pequena cidade, à qual chamaram Pauling Town, a partir do nome de George Pauling, proprietário da empresa de construção Pauling & Co, responsável pelo assentamento da linha.

Pauling Town cresceu rapidamente. Em 1928, ano em que a linha férrea alcançou o Katanga, já lá residiam perto de cem famílias inglesas e portuguesas. Robert Williams pretendia que se construíssem bairros exclusivos para os europeus. Henjengo opôs-se. Mandou erguer uma grande casa para si, mesmo no centro da cidade, e ordenou à companhia inglesa que construísse vivendas condignas para os maquinistas e mecânicos. Alguns comerciantes negros e mestiços, bem-sucedidos, entre os quais Mateus Pinto e António Raimundo Cosme, mudaram-se também eles para a novíssima urbe.

A prosperidade do planalto central agradava aos comerciantes. Todos enriqueciam. As autoridades portuguesas, contudo, olhavam com susto para o desenvolvimento de Pauling Town. Receavam que o sucesso de um reino independente, encravado no território angolano, finalmente em paz e com fronteiras definidas, pudesse alimentar projetos de secessão.

A formação do Estado Novo, em 1933, e a consolidação da ditadura de António de Oliveira Salazar deram súbito fôlego ao projeto colonial português. Com a chegada de novas colonos a Angola, e a criação de legislação destinada a favorecê-los, nos concursos públicos, na compra de terras e nos negócios com o aparelho de Estado, as velhas famílias de Luanda e de Benguela, negras e mestiças, viram desvanecer-se o poder econômico e político que até então possuíam.

Foi Norberto Monteiro, que, de governador de Angola, passara a Ministro das Colônias, quem teve a ideia de enviar um grupo de três agentes secretos ao Reino do Bailundo, com a missão de fomentar uma revolta contra Henjengo. O capitão Artur de Morais foi encarregue de chefiar o grupo. Os três homens desceram do comboio, em Pauling Town, numa tarde fria de julho, em 1938, alojando-se num pequeno hotel. Diziam-se brasileiros, representantes de uma empresa de prospecção de diamantes, interessados em negociar com o governo local. Foram, nessa qualidade, recebidos por vários ministros.

Artur de Morais pretendia aliciar Kapitango. Contudo, logo no primeiro encontro, percebeu que o velho gigante jamais trairia o soma-inene. O Ministro da Guerra do Reino do Bailundo respeitava as tradições. Revoltara-o a forma como Henjengo tomara o poder. Nos anos seguintes, contudo, acabara reconhecendo a grandeza do Mestre dos Batuques.

Finalmente, Artur de Morais encontrou uma figura de segundo plano, Kongengele, aquele que nos combates tem por função carregar os crânios dos ancestrais (akokotos) e o machado ocindambala, com que se corta a cabeça do primeiro inimigo morto. Kongengele era um homem minúsculo, com uma voz de criança e um discurso tortuoso e amargurado. Odiava Henjengo, porque este lhe roubara uma das mulheres, e, mais do que isso, porque o rei se rira dele, em diversas ocasiões, troçando do seu tom de voz e da sua reduzida estatura.

Os portugueses entregaram a Kongengele uma mala carregada de libras esterlinas, para que mais facilmente convencesse outros sobas da urgência da causa. Prometeram-lhe, além disso, que Portugal lhe asseguraria proteção, bem como a toda a família, caso a conjura não resultasse.

Não resultou. Os ingleses, que haviam disseminado espiões nos corredores do poder, em Lisboa, apressaram-se a informar Henjengo. Kongengele foi preso. Após três dias de tortura, confessou a intenção de assassinar o rei, substituindo-o no trono. Furioso, o soma--inene expulsou todos os comerciantes portugueses, com exceção dos missionários.

Kongengele era um dos vinte e quatro guerreiros-batucadores que o Mestre dos Batuques selecionara e adestrara com intensa paixão e rigor. Isso magoou, assustou e irritou Henjengo.

Cem dias após Kongengele ter confessado a traição, vinte e dois guerreiros-batucadores deixaram o mundo dos vivos: Tchikola, Utchilan e Ngambole amanheceram rígidos e cinzentos nas respectivas esteiras. Nunume, um grande caçador, caiu numa armadilha utilizada para matar leões. Sunguhanga e Tchilala foram esfaqueados, de noite, por salteadores, enquanto se dirigiam juntos para uma festa. Mwetchalo morreu picado por abelhas. Tchinjamba tombou de um penhasco. Ekulika suicidou-se cortando a carótida com uma faca de caça (andava triste, depois de ter perdido um filho, meses antes, vítima de febres). Nongandu foi levada por crocodilos enquanto passeava junto ao rio Cuvo; disseram que a família das águas a reclamara. Njambakandi, que fora a Pauling Town visitar um primo, foi atropelado por um dos sete únicos carros que então circulavam na cidade. O motorista era um zanzibariano chamado Tembo, palavra que em Kiswahili significa elefante, mas na altura ninguém reparou na coincidência. A Lumbungululu encontraram-no com os braços amarrados atrás das costas e a cabeça dentro de um ninho de bissondes, já sem olhos, sem orelhas, e quase oco por dentro. A cabeça de Demba apareceu no interior de uma caixa de cartão, pendurada no ramo mais alto de um imbondeiro. O corpo nunca foi encontrado. Kalunga, o discreto, perdeu a vida depois que um raio atingiu a sua cubata e a incendiou. Naquela noite não choveu, e também ninguém se recorda de ter escutado trovões. Relâmpagos, contudo, podem ocorrer de forma furtiva, quase em segredo. Acontece. Tchinduli, que fora um guerreiro valente e ágil, e se deixara engordar com a paz, morreu engasgado com um osso de galinha. Ninguém estranhou. Lumbo limpava a espingarda quando esta disparou sozinha. Tchimanu tropeçou numa pedra, bateu com a testa numa árvore, e não voltou a abrir os olhos. Bumba foi trespassado por uma lança, num acidente infeliz. Tchitungo estava a contar histórias aos sobrinhos, à volta de uma fogueira, rindo muito, em gargalhadas esplêndidas, quando de súbito começou a tremer. Tremia tanto que o chão à volta dele também começou a vibrar. Os sobrinhos fugiram. Foram procurar ajuda. Quando regressaram, o tio era já cadáver. A Muesandjala, coitado, mordeu-lhe uma víbora.

Beu gostava de beber kissângua. Naquela noite bebeu demais. O coração não resistiu. A Kanguende matou-o a primeira mulher, a facada, na sequência de uma minúscula desavença doméstica.

Kongengele foi quem mais sofreu. Cortaram-lhe as mãos a golpes de machete. Depois abandonaram-no no mato. Ninguém se atreveu a socorrê-lo.

— E Dumbila? — perguntou Kapitango a Henjengo.

O rei fingiu não saber a quem o ministro se referia:

— Quem?

— Só ela continua viva...

— Dumbila já não nos pertence — sentenciou finalmente Henjengo, numa voz alheada. — Nem a vida dela, nem a morte dela. Não é um assunto nosso.

11

Para pagar os estudos do meu pai em Lisboa, entre 1918 e 1923, Irene vendeu as últimas propriedades que a família possuía. Ficou apenas com a Fazenda Nova Esperança, no Golungo Alto, que alugou a um dos mais importantes produtores de café do território.

O meu pai foi viver para uma república de estudantes, na Ajuda, onde se situava o Instituto Superior de Agronomia. Naquela época, não havia muitos africanos em Lisboa. Era, contudo, uma comunidade ativa e aguerrida. Em 1911, os estudantes africanos fundaram um jornal, *O Negro — Órgão dos Estudantes Negros*, através do qual se propunham combater todas as formas de tirania e exploração: "Queremos a África propriedade social dos africanos, e não retalhada em proveito das nações que a conquistaram e dos indivíduos que a colonizam, roubando e escravizando os seus indígenas".

Mateus tornou-se logo uma figura muito popular, quer entre a comunidade africana, quer entre os colegas de agronomia, todos brancos, e quase todos nascidos no seio de famílias de grandes latifundiários, uns criadores de gado, outros produtores de vinho. Herdara do pai o porte alto e elegante, e da mãe o lume dos olhos, o charme, o talento para a dança e uma curiosidade infinita por todas as manifestações da vida. Além disso, era alegre, de uma alegria selvagem, que não respeitava as regras nem as convenções sociais. Acredito que a rebeldia e a irreverência lhe foram incutidas por Irene e por Dumbila.

Concluída a licenciatura, regressou a Luanda, para gerir a Fazenda Nova Esperança, o que fez, durante meio século, com mais intuição do que rigor científico, e mais paixão do que disciplina. Graças aos lucros do café a minha família foi das poucas, na sociedade crioula de Luanda, a manter certo estatuto econômico, durante as últimas décadas de domínio português.

Em 1960, numa viagem a Paris, Mateus conheceu uma jovem luandense, Engrácia Martins, que estudara medicina em Coimbra, antes de fugir para França com o objetivo de se juntar ao movimento independentista. Escutei várias versões desse primeiro encontro. A acreditar na minha mãe, Mateus irrompeu numa festa de exilados angolanos, já a noite ia adiantada e as garrafas de vinho vazias se acumulavam na mesa da cozinha, junto com os pratos sujos e os tachos com o que sobrara do funge e do calulu de carne-seca. Num canto da sala, dois cantores, muito populares no país, estavam debruçados sobre as respectivas guitarras, recordando alguns dos sucessos da banda.

— O teu pai entrou, viu-me e, sem sequer me cumprimentar, arrastou-me para o meio do salão. Fiquei furiosa. Quem é que aquele velho pensava que era? Mas a verdade é que ele sabia dançar. Dançava como um deus!

O meu pai tem a certeza de que antes de a convidar para um pé de dança conversaram bastante. Ou melhor, discutiram. Segundo ele, quando entrou na sala, Engrácia estava aos gritos, no meio de um grupo de homens, todos jovens e já bastante aquecidos pelo excelente vinho francês.

— Não podemos aceitar brancos na guerrilha — bradava Engrácia. — Mesmo que alguns sejam sinceros, isso vai confundir as massas populares.

Mateus soltou uma gargalhada irônica:

— As tuas massas populares, camarada, isto é, os teus camponeses, vão ficar muito mais motivados quando virem os brancos lutando do lado deles. Os colonos é que irão ficar confusos e com medo.

Engrácia olhou-o com raiva:

— E o senhor?! Quem é o senhor?! Só pela forma como está vestido é possível perceber de que lado está!

— E de que lado estou eu, meu doce?

— Certamente, do lado da burguesia colonial.

— E dizes isso só por causa do meu chapéu, um panamá genuíno, que por sinal me custou os olhos da cara, ou por causa da minha cor?

— Por causa do seu chapéu, da sua cor e da sua idade, avozinho. Sei reconhecer um Pai Tomás!

Foi então que Mateus a prendeu pela cintura e, enquanto o círculo de homens se abria para lhes dar passagem, a arrastou, bailando, para o meio do salão. Terminaram a noite na cama de um quarto de hotel — um dos melhores de Paris —, onde o meu pai sempre se hospedava quando ia de visita à capital francesa.

Passaram a semana seguinte gritando um com o outro, por sérias, e não tão sérias, discordâncias políticas e filosóficas, fumando, bebendo champanhe e fazendo amor. Finalmente, Engrácia aceitou regressar a Angola com Mateus. Ela tinha dezenove anos. Ele, cinquenta e muitos.

Em Paris, Lisboa e Luanda, Mateus desembolsou uma quantia nada modesta para comprar o esquecimento da polícia política portuguesa relativamente ao passado revolucionário da mulher por quem se apaixonara. Eu nasci dois anos mais tarde, na Fazenda Nova Esperança, numa noite escura e tempestuosa.

— Esta menina vai chamar-se Leila — anunciou a minha mãe, que em França frequentara a comunidade argelina, e compreendia algumas palavras de árabe.

— Não! — contestou o meu pai. — Vai chamar-se Lucrécia, como a minha tia.

Fiquei Leila Lucrécia.

12

A partir de 1961, António de Oliveira Salazar viu-se a braços com uma série de insurreições armadas nas colónias africanas. Em Angola, dois movimentos antagônicos, o Movimento Popular para a Independência de Angola, MPLA, e Frente Nacional para a Libertação de Angola, FNLA, combatiam, em nome de todos os angolanos, contra as tropas portuguesas. Um, apoiado pela União Soviética; o outro, discretamente, pelos Estados Unidos da América.

Ambos os movimentos enviaram mensageiros a Henjengo, pedindo-lhe que autorizasse a construção de bases guerrilheiras em território ovimbundo. O rei do Bailundo, já octogenário e necessitando do apoio de uma bengala para caminhar, mas mais lúcido do que nunca, percebeu que poderia tirar proveito de tal situação.

Até hoje não se sabe se foi Henjengo quem primeiro contatou o governo português, ou se a iniciativa partiu de Salazar. O que se sabe é que, em dezembro de 1961, Henjengo se deslocou a Londres com o objetivo — era essa a versão oficial — de renegociar o contrato com a empresa dos caminhos de ferro. Salazar enviou ao seu encontro o Ministro das Colónias. Ironia do destino, o cargo era então ocupado por aquele mesmo Artur de Morais, que, tantos anos antes, se deslocara a Pauling Town com a missão de promover um golpe de Estado.

Morais envelhecera, sem todavia perder a elegância, a simpatia e o sentido de humor. Ao ver Henjengo, sentado num cadeirão, na sala de visitas da residência do embaixador espanhol, onde haviam combinado encontrar-se, saudou-o com um enorme sorriso:

— Bom dia, excelência! Fico feliz por não o ter morto...

Henjengo retribuiu o cumprimento:

— E eu por não o ter morto a si...

Henjengo reatou relações com Portugal. Comerciantes portugueses voltaram a estabelecer-se no Huambo, Bailundo e Bié. O governo português prontificou-se a receber, nas universidades de Lisboa e de Coimbra, centenas de bolseiros ovimbundos. Em contrapartida, o rei do Bailundo comprometeu-se a não acolher nenhum militante nacionalista angolano.

O acordo entre Henjengo e Salazar enfureceu os nacionalistas angolanos. Enfureceu também os movimentos de esquerda, não só no continente, mas no mundo inteiro. Os dirigentes dos países africanos francófonos e anglófonos, recém-independentes, passaram a classificar Henjengo como um fantoche do colonialismo português.

Isaías Tchinduli, filho de um dos guerreiros-batucadores que Henjengo mandara matar, fundou em Paris a Frente para a Libertação e Unificação de Angola, FLUA, que tinha como primeiro objetivo o derrube do rei do Bailundo; o segundo era unir forças com todos os movimentos angolanos, de maneira a alcançar a independência total do território. Tchinduli, que estudara sociologia na Sorbonne, revelou-se um diplomata habilidoso, conseguindo apoio para o seu projeto, quer da URSS, quer dos EUA e até mesmo da China.

Em janeiro de 1974, um comando de cinco guerrilheiros da FLUA, treinados na China, estacionou uma ambulância diante da casa de Henjengo, em Pauling Town. Vestidos de enfermeiros, iludiram os guarda-costas, entraram na residência e assassinaram o rei, disparando contra ele sucessivas rajadas de AK-47. O corpo ficou irreconhecível. No ataque pereceram também a inikulu, a rainha, e a namakama, a conselheira das esposas mais jovens. Dois dos atacantes foram baleados pelos guarda-costas e depois retalhados a catanada. Três conseguiram escapar.

Seguiram-se quatro meses de terrível caos e violência. Isaías Tchinduli convocou uma conferência de imprensa na sede do movimento, em Paris, para proclamar o fim do Reino do Bailundo, a mudança do nome Pauling Town para Huambo e a "chegada do futuro" ao território. Tropas portuguesas tomaram Pauling Town e o Bailundo, com o propósito declarado de proteger a monarquia de um complô comunista. Dias depois, o sobrinho mais velho de Henjengo, Lucas Muefunda, um cirurgião muito respeitado, assumiu o trono. Apenas Portugal, a África do Sul e Espanha reconheceram a sua autoridade.

A 25 de abril de 1974, um grupo de jovens capitães derrubou a ditadura em Portugal. O golpe de Estado português colocou um ponto-final na guerra de libertação, dando início ao processo político que viria a conduzir à independência, a 11 de novembro de 1975. Entre uma data e a outra Lucas Muefunda perdeu o trono, que mal chegara a ocupar, exilando-se em Paris. Isaías Tchinduli, que vivia na capital francesa, regressou a Pauling Town, que, como ele sempre defendera, passou a chamar-se Huambo.

Tchinduli fez um acordo com o MPLA, integrando o primeiro governo da nova República Popular de Angola, como Ministro das Relações Exteriores. Porém, apenas cinco meses mais tarde rompeu com o presidente e com o MPLA, fugiu para o Huambo, e de lá para as matas, com uma parte do exército da FLUA, dando início a uma longa guerra civil. O conflito terminou em 1990, repentinamente, depois que Isaías Tchinduli foi morto por um dos seus guarda-costas com um tiro na cabeça.

QUINTO CAPÍTULO

1

A minha vida mudou depois que entrevistei a minha tia-avó, Irene Van-Dunem, em janeiro de 1983. Na altura, eu frequentava o primeiro ano do curso de História, na Universidade Clássica, em Lisboa. Trabalhava num ensaio sobre a condição feminina nas colônias portuguesas na primeira metade do século XX. Fora a Angola passar o Natal e o Ano-Novo, e queria aproveitar aqueles dias para realizar algumas entrevistas. A minha intenção era conversar um pouco com a querida velhinha, gravar duas ou três memórias dela, e depois pedir-lhe o contato de outras senhoras, tão ou mais antigas. Não, mais antigas não. Não havia.

Então, Irene falou-me da Owelema.

Estava a contar-me como conhecera Dumbila. A mulher chegara do planalto central, na companhia de Jan e de Luís Gomes Mambo, cumprindo instruções do rei Henjengo. Era uma espécie de Mata Hari bantu — ironizou Irene.

Dumbila, na riquíssima e complexa hierarquia da corte do Bailundo, corresponde a um cargo. Cabe à dumbila ajudar todas as mulheres que se sentam na Pedra do Refúgio, ou Pedra do Conforto.

— O que é isso?! — estranhei.

— Uma pedra! Não faço ideia como se parece. Nunca estive na ombala real. Sei que as mulheres se sentam nessa pedra quando têm um problema qualquer, pode ser uma desavença com o marido, pode ser a doença de um filho, pode ser uma dívida que não conseguem pagar, e então a dumbila vem e ajuda-as.

— Ajuda-as como?

— Filha, as pessoas que ocupam esses cargos, na hierarquia do Reino do Bailundo, ou cargos semelhantes noutros reinos africanos, homens e mulheres, não são pessoas comuns. Têm, como dizer?, têm certos recursos...

— Queres tu dizer, recursos mágicos?

— Chama-lhe o que quiseres, filha. Dumbila foi uma guerreira. Ela fez parte de uma sociedade secreta de guerreiros-batucadores, a Owelema...

Nunca concluí o tal ensaio sobre a condição feminina. Ou talvez o tenha escrito. Não me recordo. No instante em que Irene me começou a falar da Owelema a minha realidade mudou. Conversamos a tarde inteira. E nos dias seguintes, de manhã até à noite. Guardo trinta e duas cassetes, de uma hora cada, com as gravações desses encontros. Passei uma boa parte da minha vida a escutá-las, uma e outra vez, até as saber de cor.

Não regressei aos bancos da faculdade. Ao invés disso, fui estudar música. Jazz. Percussão. O meu pai apoiou-me. Talvez porque, embora nunca se tendo dedicado a nenhuma forma de arte, também ele era um artista. Ou então sabia. Agrada-me pensar que ele sempre soube que eu sabia. Engrácia, ao contrário, ficou furiosa.

— Queres ser uma falhada, como o teu pai?

Recordei-lhe, aos berros, que a clínica inaugurada por ela, meses antes, em Lisboa, fora paga com o dinheiro do marido. Saíramos de Angola em 1980, cinco anos após a independência e o início da guerra civil. Mateus queria ficar, mas estava velho, doente, e já não se sentia com forças para contrariar a mamã.

— Estou farta de ser pobre!

Assim protestava Engrácia, em Luanda, nos anos terríveis que se seguiram à independência. Estava farta de comer arroz com peixe-espada. Isto quando havia peixe no mercado. Lembro-me, em algumas ocasiões, de almoçar apenas funje. O papá ria-se das fúrias dela. Picava-a:

— Mas tu não eras comunista, amor?

— Nunca fui comunista!

— Pois eu lembro-me muito bem de te ouvir defender a ditadura do proletariado...

— Não me fodas, caralho!
— Não fales assim diante da menina!

Em Portugal, continuaram a discutir. Creio que o faziam mais por hábito, ou por dever conjugal, do que por convicção. A mamã trabalhava o dia inteiro na clínica e, à noite, ao reentrar em casa, vinha já tão velha quanto o marido. Mateus deitava-se às quatro da manhã e acordava ao meio-dia. Almoçava em casa. Passava as tardes na Biblioteca Nacional, lendo jornais antigos, ou então nalguma esplanada, no Chiado, bebendo cerveja e conversando sobre o estado do país com outros exilados angolanos.

Quando comecei a apresentar-me em pequenos concertos, primeiro em Lisboa, depois em Paris, Londres ou Barcelona, não havia ainda muitas mulheres a tocar percussão. Despertava curiosidade. Além disso — perdoem-me a imodéstia —, eu era muito boa no que fazia, e bonita. Muito, muito bonita. Hoje, vejo algumas fotografias dos meus primeiros espetáculos e não me reconheço naquela moça alta e esguia, de juba redonda, que se escondia atrás de óculos escuros, da maquilhagem excessiva e de pesados colares africanos.

Uma noite, em São Paulo, acompanhei um DJ amigo a uma festa privada. A meio do evento o meu amigo sentiu-se mal e pediu-me que o substituísse. Nunca mais parei.

2

As cassetes. Trinta e duas cassetes.

Dumbila ensinou a Irene tudo o que sabia. Tudo o que Henjengo lhe ensinara, a ela e aos restantes vinte e quatro guerreiros-batucadores. E Irene ensinou-me a mim.

Hoje, sou Henjengo. Sou eu, o Mestre dos Batuques. Foi o nome que escolhi quando comecei a trabalhar como DJ: DJ Henjengo. Sempre que as pessoas me perguntam o significado de Henjengo invento uma história diferente:

— É o nome, em umbundo, de um pequeno batuque, utilizado em determinadas cerimônias mágicas.

— Que interessante, Leila! Vocês, africanos, e as vossas magias! Sempre digo que África é o continente mãe da espiritualidade. Gostaria tanto de visitar África. E que cerimônias são essas, podemos saber?

— Não podes saber, querida. São cerimônias secretas. Só os iniciados podem saber.

Numa entrevista a um jornalista italiano passei meia hora explicando que Henjengo significa "aquela que caminha pelo mundo dos mortos virada do avesso". Não fui eu quem escolheu esse nome, disse-lhe. O nome foi-me atribuído pela parteira que me ajudou a nascer, lá, nas montanhas sempre verdes do Golungo Alto. Continuei a inventar enquanto o homem tomava notas. O pobre tipo, coitado, estava eufórico. Nunca mais esqueci o título da entrevista:

"DEUS DANÇA COM OS ELEFANTES — DJ HENJENGO E O TRANSE PRIMORDIAL"

A esta altura, o que todos vocês, queridos leitores, querem saber é se no meu trabalho alguma vez usei aquilo que aprendi com a minha tia-avó.

Sim, é claro. No início, muito timidamente. Depois, ainda mais. O meu primeiro álbum, *Jitanjáforas*, desconcertou os críticos. Uns achavam-no arrojado e pioneiro, quer pelo protagonismo dado à percussão, quer por ter como matriz ritmos africanos nunca antes explorados. "Estranhamente lírico e estranhamente triste", escreveu um deles. Outros, não compreendendo de onde eu vinha, nem para onde pretendia ir, preferiram classificá-lo como um "objeto das margens de um mundo ainda por descobrir". Nos primeiros seis meses vendeu apenas duzentos e cinquenta e cinco exemplares.

Em dezembro de 1987, a *Down Beat* publicou um artigo sobre o álbum. O crítico, meio a sério, meio a brincar, dava conta de um rumor que começara a instalar-se entre o pequeno grupo de melômanos que haviam escutado o álbum. Dizia-se que ao escutá-lo algumas pessoas eram assaltadas pelos seus fantasmas mais profundos. Ouvindo *Jitanjáforas*, sobretudo o último tema, "O Canto Doce e Amargo das Jitanjáforas", vários ouvintes caíam numa tristeza profunda.

O rumor impulsionou as vendas. No segundo álbum, *Jeringonza*, experimentei uma das batidas de transe que Irene me ensinara, chamada osima. Henjengo recorria a ela para incitar os guerreiros antes das batalhas. Misturei-a, de forma muito discreta, com a kabetula, ritmo de carnaval, popularizado em Angola a partir dos anos 1960. Ao vivo, os espectadores, mesmo os mais retraídos, levantavam-se para dançar. Depois, já não conseguiam parar.

O sucesso assustou-me. Compreendi que tinha nas mãos — na palma das minhas mãos! — um poder imenso. Comprei uma casa em Benguela e (quase) desapareci. Fazia, no máximo, cinco shows por ano. Com isso, e com a venda dos discos, ganhava o suficiente para sobreviver.

Na minha casa, em Benguela, continuei a trabalhar nos ritmos que Irene me ensinara. Certa manhã ouvi alguém gritar o meu nome. Acordara cedo, encharcada em suor. Volta e meia a energia ia embora. Sem o conforto do ar-condicionado tornava-se difícil respirar. Abri a porta, vestida apenas com uma camisa comprida, a pele úmida, a cabeleira em desalinho, e dei com um rapaz magro, alto, olhando-me com grandes olhos de susto. Estendeu-me a mão:

— É a Leila Pinto?! Sou Pedro Bezerra de Lisboa, jornalista...

Pedro chegara a Benguela no dia anterior, vindo de Luanda, com o único propósito de me entrevistar. Trabalhava para um jornal português. Escrevia sobre a política e economia, fazia uma ou outra reportagem de guerra, mas do que ele gostava mesmo era de música e de literatura.

Isto foi antes de haver Internet. Também ainda não existiam telefones móveis, e eu nem sequer tinha um fixo, daqueles antigos, pretos, em que os números estavam dispostos numa placa redonda, e que tilintavam a cada marcação. Parece que foi há muito tempo, num outro século. Aliás, foi mesmo.

Gritei com o homem. Disse-lhe que não tinha o direito de aparecer em minha casa e que não lhe daria entrevista nenhuma. O desgraçado desapareceu na poeira, com a cauda entre as pernas, como um cachorrinho assustado. Contudo, voltou na manhã seguinte, à mesma hora, trazendo nas mãos o primeiro álbum de Cindy Blackman, *Arcane*. Dessa vez deixei-o entrar.

Ofereci-lhe uma coca-cola quente (porque a energia ainda não viera), e sentamo-nos na varanda, em largos almofadões, a ouvir o disco, e a ver o mar.

— Assisti a um dos teus shows, em Lisboa — disse-me, com uma voz macia. — Fiquei assombrado. Aliás, como toda a gente. Aquilo parecia uma cerimônia mágica...

Só a expressão "cerimônia mágica", que a *Down Beat* também utilizara, já me deixava nervosa. Beijá-lo foi a forma que encontrei para o calar. Pedro respondeu ao beijo abrindo os lábios e sugando a minha língua. Depois, derrubou-me sobre os almofadões, ao mesmo tempo que enfiava as mãos ansiosas por dentro da minha camisa. Empurrei-o:

— Calma, menino! Pega no teu disco e desaparece da minha vida...

O rapaz pôs-se em pé, rindo alegremente. Era bonito, com um rosto comprido, um nariz afilado, olhos grandes, com íris negras e luminosas, e umas longas pestanas de mulher.

Saiu da minha vida, da pior maneira, trinta e cinco anos mais tarde.

3

Em novembro de 1989, o meu pai entrou num táxi, com a intenção de regressar a casa, e não conseguiu recordar-se do endereço. Por um desses acasos do destino, o motorista era angolano, de Luanda, e reconheceu-o. Saiu do carro, foi a uma cabine telefônica, fez uma série de chamadas e, finalmente, regressou eufórico:

— Não se preocupe, senhor engenheiro, já o levo a casa.

Fez questão de subir com o papá até ao nosso apartamento, entregando-o nos braços assustados de Engrácia. O velho tentou brincar com o sucedido:

— Acreditas mesmo que eu me esqueci do endereço da nossa casa, Judite?

— Quem é a Judite?!

— E agora, amor, acreditas mesmo que não sei como te chamas?

Morreu nessa noite, com a cabeça pousada no colo da mamã, enquanto assistiam na televisão à queda do muro de Berlim.

4

A morte do meu pai mergulhou-me numa tristeza profundíssima, da qual só conseguia emergir, a espaços, graças aos esforços de Pedro. Ele cuidou de mim, como quem cuida de uma inválida, dando-me banho, vestindo-me, penteando-me, alimentando-me, lendo para mim.

Certa tarde encontrou num armário uma caixa metálica contendo cassetes que eu havia gravado enquanto experimentava alguns dos ritmos rituais dos guerreiros batucadores. Eu escrevera um aviso na tampa, com um marcador vermelho:

"PERIGO! NÃO ABRIR!"

Ele abriu-a, claro. Riu-se às gargalhadas ao descobrir as cassetes. Encontrou uma que tinha como única indicação a palavra "euforia", e colocou-a na aparelhagem.

Felizmente, era uma das cassetes verdes, com ritmos que induziam uma espécie de embriaguez esfuziante; se fosse uma das cassetes roxas talvez não tivesse sobrevivido. Assim, dançou o resto da tarde, e a noite inteira, cantando e rindo e dizendo disparates em línguas inventadas, enquanto eu me erguia do abismo da melancolia e regressava à vida.

Dormimos abraçados, no sofá da sala, umas longas vinte e duas horas. Acordei rejuvenescida, com a pele lisa e brilhante, e a alma ainda mais iluminada. O sol entrava em catadupa pelas amplas janelas abertas, juntamente com gafanhotos e besouros e louva-a-deus.

Pedro soergueu o tronco, estremunhado, e ao vê-lo assim, nu e sólido, banhado por aquela luz tão viva, experimentei uma espécie de arrebatamento:

— Amo-te! — disse-lhe.

Ele sorriu. Era a primeira vez que eu lhe dizia aquilo. Era a primeira vez que eu dizia aquilo a quem quer que fosse.

— Também te amo — respondeu.

Escondi as cassetes num cofre de ferro, grande e pesado, que herdei da tia Irene. Só eu sabia o código para o abrir. Ao fim de alguns meses esqueci-me dele. Continuei a fazer música. Contudo, não voltei a experimentar nenhum dos ritmos desenvolvidos por Henjengo.

Isso, até há poucas semanas, quando decidi arrombar o cofre.

5

Fui feliz, ao longo dos últimos anos, embora quase sempre por alheamento. Ocorreram-me dias, talvez semanas inteiras, em que, esquecendo-me da maldade dos homens, me deixei contaminar pelo simples fulgor da vida. O verde do mar. As florestas cheias de vozes. O deserto, no caso, o deserto do Namibe, onde me refugiei tantas vezes, com os seus pequenos seres tímidos e couraçados, escondidos sob as pedras, e as suas plantas tão duras e antigas quanto aquelas.

Costumava rezar, antes de adormecer: "Por favor, meu Deus, não me deixes morrer de escuridão".

Isolei-me. Passei a evitar ainda mais os palcos. Aliás, qualquer evento público. Cheguei a insultar jornalistas durante conferências de imprensa. Duas ou três vezes abandonei espetáculos a meio. Enfim, ganhei fama de intratável. O que querem? Não se pode agradar a todos; ou melhor, não se deve agradar a todos: há ódios que dignificam.

Pedro acompanhou-me durante todo esse tempo, dando-me a mão de cada vez que me via prestes a deslizar para as sombras da melancolia. Prejudicou a carreira dele para acompanhar a minha. Não tivemos filhos, ao contrário do que ele gostaria, porque durante muito tempo achei que o mundo dos homens era um lugar impróprio para crianças. Depois, quando compreendi que só as crianças nos poderiam salvar, já era demasiado tarde.

Envelheci de um momento para o outro, como acontece a tantos. Uma manhã despertei e quase não me reconheci. Pedro, porém, permaneceu sempre jovem, por dentro e por fora, com a pele lisa e elástica, os abdominais definidos, os ombros largos e fortes. A maior parte do tempo fingia não reparar no que me acontecera, e isso era muito irritante:

— Estou velha, não vês que estou velha?!

O espanto com que ele reagia às minhas queixas parecia sincero:

— Olho para ti e continuo a ver uma menina!

O tempo é um território interior. Disse-me isto numa noite quente, na cama, depois de fumar um cigarro de liamba. Segundo ele, ou segundo a erva, falando através dele, a eternidade é uma ideia sem futuro. Quando finalmente nos apercebermos de que temos dentro de nós todos os instantes vividos e por viver, então diremos:

— Amanhã fui feliz.

Isto era ainda a liamba a falar. Fecho os olhos e continuo a vê-lo. Nu, sentado na cama. O cigarro entre os dedos. O sorriso nos lábios:

— Um dia serei pó, mas sem vocação. Darei um péssimo morto.

O que é um péssimo morto, amor? Um morto realmente morto, do qual ninguém se recorda, ou um fantasma impertinente, como tu, que insiste em frequentar todas as horas dos meus dias?

Amanhã fui infeliz. Ontem serei infeliz. Estarei infeliz em todos os instantes vividos e por viver, pois enquanto estava contigo, já te havia perdido. A tua perda contamina agora os tempos todos em que calhei viver.

Discutíamos muito, porque eu, odiando a minha mãe, sou no melhor e no pior uma cópia dela. Um dia, após uma dessas disputas árduas e inúteis, por um motivo que não recordo mais, abraçaste-me e disseste-me:

— És aquele tipo de perdedora que não se deixa vencer facilmente.

Gostei. Considerei aquilo um elogio. Quando te vi morto, porque eu vi-te morto, sabes?, insisti em ver-te, estendido no caixão, e então, quando te vi morto, pensei: "Sou o tipo de perdedora que não se deixa vencer facilmente". Nos dias seguintes, fui repetindo esse mantra enquanto retirava a tua roupa dos armários, e a guardava em sacos, para a entregar depois a uma instituição de caridade. Fui repetindo a frase enquanto queimava as tuas fotos, uma a uma, no quintal. E, finalmente, enquanto via arder aquele primeiro disco da Cindy Blackman.

Já não havia dentro de casa nada de teu.

E tudo eras tu.

Não, eu não sou o tipo de perdedora que, no final, sempre triunfa. Quando já não havia dentro de casa nada de teu, e tudo eras tu, sentei-me na varanda e chorei — vencida.

Gosto da história de amor dos meus avós. Sou o Jan.

6

Vencida, comecei a pensar nas cassetes, dentro do cofre. Assistia aos noticiários, na televisão, e pensava nelas. Lia os jornais e pensava nelas. Doíam-me as guerras todas, como ofensas íntimas. Magoavam-me os desastres ambientais, como se alguém me estivesse retalhando a carne com uma navalha. A estupidez da humanidade parecia-me insuportável e irremediável.

Se Pedro fosse vivo ter-me-ia curado com versos aleatórios. Consigo vê-lo enquanto escrevo estas linhas, em pé, diante da estante. Fechava os olhos e retirava um livro ao acaso. O acaso era o seu guia. Ou talvez Pedro me tivesse arrastado até ao mar. Ele sabia que o mar lava qualquer mágoa.

Conheço Aristóteles Vapor desde que vim viver para Benguela. Foi guerrilheiro durante muitos anos. Um dia pisou uma mina. Perdeu uma perna. Passou então a trabalhar numa grande oficina mecânica, na Jamba, onde os guerrilheiros reciclavam armamento capturado às forças do governo e recuperavam viaturas imprestáveis, com o pouco que tinham à mão, peças velhas, arames, o que fosse. A experiência fez dele um mecânico excepcional. Chamo-o sempre que preciso de resolver qualquer problema, com o carro, o gerador, a bomba de água ou um eletrodoméstico.

Mostrei-lhe o cofre:
— Consegues abri-lo?
Aristóteles estudou a fechadura.

— Fácil, fácil não é, dona Lucrécia, mas consigo...

Nessa tarde voltei a ter acesso às cassetes. Fechei-me na sala a ouvi-las. Fui buscar os batuques que herdei de Irene — e que ela própria construíra com Dumbila. Aqueci-os. Ressuscitei-os. Passei sete dias e sete noites a tocar, a gravar, bebendo apenas água e chás. Dormia duas horas, despertava, voltava a trabalhar.

Os batuques, a privação de sono, a fome. Vi Pedro, sentado na varanda, sorrindo para mim. Vi Henjengo, Jan, Lucrécia e Irene. Vi o tempo, em toda a sua integridade e perfeição, com o passado, o presente e o futuro unidos num mesmo plano.

Chamei ao meu arquivo de som "arrebatamento". Coloquei-o primeiro em várias redes sociais. Enviei-o a seguir para todas as plataformas de partilha de música.

Querem saber o que sentia enquanto fazia isso?

Não sei. Estava exausta, numa espécie de êxtase. Não pensei muito no que iria acontecer a seguir. Sabia, sim, claro que sabia, que o meu arquivo se iria propagar à velocidade do som. Ninguém, nenhuma autoridade, nenhum poder, conseguiria controlar o temporal que eu havia desatado.

Pensei: os justos sobreviverão. A vida triunfará.

Estendi-me no sofá, enrolada na última luz da tarde, e adormeci. Acordei na manhã seguinte. Uma andua cantava no quintal. O sol brilhava num céu muito limpo. Levantei-me e abri a porta, consciente de que o mundo estava, outra vez, a começar.

Agradecimentos

A ideia para a escrita deste romance surgiu-me num clarão, durante uma viagem de comboio, enquanto preparava o meu livro anterior, *As Vidas e as Mortes de Abel Chivukuvu*. O escritor moçambicano Mia Couto foi acompanhando a gestação de toda a trama, desde esse dia, e as suas críticas e sugestões foram fundamentais para o resultado final.

O original passou também pelos olhos atentos e generosos de Michael Kegler, Harrie Lemmens e Patrícia Reis, aos quais, ao longo de todos estes anos, tanto devo.

Quero agradecer ainda a Francisco José Viegas e a Nicole Witt.

Finalmente, não posso deixar de agradecer ao povo do planalto central de Angola, que me viu nascer e crescer. Este romance reinventa, muito livremente, alguns aspectos da riquíssima história e mitologia do povo ovimbundo. O Reino do Bailundo continua vivo. A montanha Halavala aguarda a vossa visita. Acreditem: não há céu mais bonito que o céu do Bailundo.

LEIA TAMBÉM

As mulheres do meu pai
Teoria geral do esquecimento
A rainha Ginga
Os vivos e os outros
A sociedade dos sonhadores involuntários
O terrorista elegante e outras histórias (com Mia Couto)
O vendedor de passados